A. BADIER & H. BADIER

*Conserver la couverture*

# AU TONKIN

## JOURNAL

### D'UN SOUS-OFFICIER D'INFANTERIE DE MARINE

OUVRAGE ILLUSTRÉ

DE DIX-HUIT GRAVURES SUR BOIS

PARIS

LIBRAIRIE FURNE

JOUVET & Cⁱᵉ, EDITEURS

5, Rue Palatine, 5

# AU TONKIN

Paris. — Imprimerie du Magasin Pittoresque (E. Best).

A. BADIER & H. BADIER

# AU TONKIN

JOURNAL

D'UN SOUS-OFFICIER D'INFANTERIE DE MARINE

OUVRAGE ILLUSTRÉ

DE DIX-HUIT GRAVURES SUR BOIS

PARIS

LIBRAIRIE FURNE

JOUVET & C^to, ÉDITEURS

5, Rue Palatine, 5

# INTRODUCTION

La jeunesse aime beaucoup les voyages; elle y trouve la diversité des vues, la variété d'épisodes, l'exubérance qui lui conviennent. Cela est tellement vrai que si l'on annonce à un enfant morose, porté à la mélancolie, qu'il ait à se préparer pour une excursion plus ou moins lointaine, on s'aperçoit tout de suite, à sa physionomie qui s'éclaire et s'épanouit, du contentement qu'on lui cause.

Et voyez-le, durant le trajet, en chemin de fer ou en voiture : avec quelle joie il interpelle son papa, sa maman, pour leur faire remarquer avec volubilité les moindres détails de la campagne qui se déroule sous ses yeux !

Vous-mêmes, chers petits lecteurs, si vous avez été moins fortunés, s'il ne vous a pas encore été donné de prendre part à ces excursions si désirées, n'avez-vous pas senti, au récit de quelque camarade plus heureux, l'envie, presque le besoin de faire un petit voyage ? Mais pour voyager, il faut avoir ce que beaucoup de personnes n'ont pas encore, nous voulons dire une bourse bien garnie. Et alors, à défaut

du voyage réel, il faut se contenter du voyage en
imagination, du récit de ceux qui, par plaisir ou par
devoir, ont un peu couru le monde, ont visité divers
peuples et ont étudié les mœurs. Pour cela, il faut
un livre simplement rédigé, racontant des choses
*vues.*

C'est un de ces livres que les auteurs ont essayé de
faire, en apportant, l'un ses souvenirs et les notes
prises par lui dans cette longue traversée de France
au Tonkin, puis durant un séjour de près de deux
ans dans notre nouvelle colonie ; l'autre, en classant
ces notes et ces souvenirs, en les présentant simplement mais clairement (il l'espère du moins) avec
l'expérience que peuvent donner dix années consa-
crées avec ardeur à l'instruction et à l'éducation de
la jeunesse.

Bons petits lecteurs, si vous lisez ce livre avec
plaisir, si vous passez en sa compagnie des heures
agréables, nous serons bien heureux ; cela nous prou-
vera que nous aurons réussi dans notre tâche. Et ce
sera notre meilleure récompense.

LES AUTEURS.

# AU TONKIN

## De Paris à Toulon.

Allons, petits lecteurs, préparez votre petit bagage qui, pour la circonstance, se composera simplement de votre bienveillante attention, et venez, par le chemin de fer jusqu'à Toulon où vous pourrez admirer tout à votre aise ces grands vaisseaux dont vous avez tant entendu parler et ces vaillantes troupes de la marine, toujours prêtes à s'embarquer pour aller là où il s'agit, de faire respecter le nom français.

C'est déjà un long trajet deux cent trente lieues; mais nous le ferons vite, car le train qui attend là, sur le quai, et dans lequel nous monterons, est un train express dont la puissante machine, impatiente de dévorer l'espace, va nous emporter avec une rapidité de soixante-quinze kilomètres à l'heure.

Après quelques minutes d'attente pendant lesquelles nous voyons la foule des voyageurs aller et venir, affairée, au milieu des employés roulant les bagages, on ferme les portières et bientôt le signal du départ est donné. La machine jette un coup de sifflet strident et le train se met en marche.

D'abord, marche lente, au milieu de ces voies nombreuses encombrées de wagons chargés de toutes sortes
de marchandises; mais bientôt on franchit le mur d'enceinte de Paris, et, peu à peu, la vitesse s'accélère.

Nous voyons alors défiler, comme dans un tourbillon,
les villas charmantes, les parcs aux frais ombrages qui
se succèdent presque sans interruption de chaque côté
de la ligne jusqu'à Melun. Nous entrons ensuite dans la
forêt de Fontainebleau, sans apercevoir cependant au
passage cette ville et son superbe château, distants de
plus d'un kilomètre à droite. En revanche, nous pouvons
contempler une partie de cette magnifique forêt dont les
sites charmants attirent l'été de nombreux touristes. Plus
loin, au pont de Montereau, la Seine, que nous avons
jusque-là côtoyée, s'enfuit tout à coup à l'est vers la
Champagne, et nous voici, maintenant, dans la vallée de
l'Yonne. Ce canal, sur lequel nous voyons passer lentement des péniches chargées le plus souvent de fûts, c'est
le canal de Bourgogne, qui unit, vous le savez, la Seine
au Rhône par l'Yonne et la Saône. Nous apercevons aussi
Sens et sa belle cathédrale et, bientôt, nous atteignons
Laroche, gare importante à cause de l'embranchement
de la ligne d'Auxerre; nous y voyons d'immenses constructions circulaires, où sont en dépôt de nombreuses
machines.

Là, il y a un arrêt de quelques minutes, le premier
depuis Paris, puis nous filons de nouveau à toute vitesse,
en passant successivement à Tonnerre, jolie petite ville
bâtie au pied d'une haute et belle colline, et à Montbard,

Vue de Montbard.

petit chef-lieu de canton, qui n'a de curieux que le château, dont nous apercevons la tour, où est né Buffon, le
célèbre naturaliste. Un peu plus loin, à droite, nous appa-
raît au sommet d'une colline qui domine un charmant
village, une gigantesque statue : le village est celui d'Alésia
(Alise-Sainte-Reine); la statue est celle de Vercingétorix, le
héros de l'indépendance gauloise, dont les exploits et le
sort immérité ont fait battre plus d'une fois, nous en
sommes sûrs, votre bon petit cœur. Enfin, au sortir du
tunnel de Blaisy, long de plus de quatre kilomètres, nous
nous engageons au sein des monts de la côte d'Or, dans
une série de tranchées et de rampes jusqu'à ce que nous
arrivions à Dijon.

Dijon, chef-lieu du département de la Côte-d'Or, et
ancienne capitale du duché de Bourgogne, est une ville
de 55,000 habitants, très jolie et très propre, méritant
d'être visitée pour ses curieux monuments. Allons voir
particulièrement l'ancien palais des ducs de Bourgogne
aujourd'hui hôtel de ville et musée; il renferme de
superbes galeries de tableaux et des chefs-d'œuvre de
sculpture, au premier rang desquels il faut placer les
tombeaux des ducs; le palais de justice, la statue de
Saint-Bernard, les églises Sainte-Bénigne, Saint-Michel
et Notre-Dame; cette dernière possède une curieuse
horloge prise aux Flamands en 1382, et que l'on désigne
sous le nom de *Jacquemard*, du nom du mécanicien qui
la construisit. Allons voir aussi la belle avenue Saint-
Pierre qui aboutit à un magnifique parc dessiné par Le
Nôtre. Puis, en revenant vers la gare, passons sous la

voûte du chemin de fer, et faisons un tour au jardin botanique, enrichi de collections curieuses; à son extrémité, un peuplier de plus de quatre cents ans, mesure quinze mètres de tour.

En chemin, nous avons admiré, dans presque toutes les rues, ces coquets magasins, ces alléchantes vitrines garnies de confiserie et de pains d'épices, qui, avec la moutarde, sont, parmi les produits de la cité dijonnaise, les plus justement appréciés.

Au-delà de Dijon, se déroule à nos yeux cette magnifique côte de vignobles qui produit les meilleurs vins de Bourgogne et peut-être de France. Elle se prolonge presque sans interruption jusqu'aux environs de Mâcon, chef-lieu du département de Saône-et-Loire, situé sur la rive droite de la Saône. Nous nous y arrêtons quelques instants, puis, le train reprenant sa marche, nous arrivons en cinq quarts d'heure à Lyon.

Là, nous nous empressons de descendre de wagon, afin de faire un repas substantiel, car, malgré la légère collation que nous avons prise, nous sentons, comme on dit, l'estomac crier famine. Il y a, en effet, neuf heures que nous avons quitté Paris. Si nous avions du temps de reste, nous aurions pu aller en ville. Elle est bâtie au confluent du Rhône et de la Saône, et possède des attraits de toutes sortes : la place Bellecour, une des plus vastes de l'Europe, ornée, au centre, d'une statue équestre de Louis XIV; l'hôtel de ville, l'Hôtel-Dieu, le palais de justice avec sa façade de vingt-quatre colonnes; la cathédrale, Notre-Dame-de-Fourvières, construite au sommet d'une colline qui domine toute la ville, et, enfin, le magnifique parc de la Tête-d'Or. Nous ne manquerions pas non plus de monter à la Croix-Rousse, quartier habité uniquement par les tisseurs, dont les métiers emplissent l'air d'un bruit régulier et incessant. C'est que Lyon est le centre le plus considérable de la fabrication de la soie en France. Mais il nous faut remonter dans le train et quitter la deuxième ville de France, qui n'est guère qu'à mi-chemin de notre voyage.

A partir de Lyon, nous longeons presque continuellement le cours rapide du Rhône; dans la vallée, encaissée entre les contreforts des Alpes à gauche et ceux des Cévennes à droite, croissent de beaux mûriers dont les feuilles forment la nourriture exclusive des vers à soie. Nous voyons en passant Valence, Avignon, avec la masse imposante de l'ancien château des Papes, Arles et ses arènes romaines; après quoi, nous arrivons enfin à Marseille, notre grand port marchand de la Méditerranée.

Nous nous y arrêterons une journée, d'abord pour passer la nuit dans un bon lit, ce qui nous remettra de quinze heures de chemin de fer, puis, pour pouvoir visiter à loisir cette immense cité, qui est la troisième de France.

Une fois reposés, rendons-nous tout de suite au port. La mer! c'est en effet ce qui attire le plus les visiteurs, quoique la Méditerranée soit moins attrayante que l'Océan, car la marée ne s'y fait pas sentir. Mais nous pouvons admirer cette multitude de navires de toutes les nations qui arrivent et partent sans cesse chargés de

Baie de Bandol.

marchandises et de voyageurs. Après être restés quelques heures sur le port, qui n'a pas cessé un instant de
nous procurer un spectacle intéressant et varié, nous
nous décidons à lui tourner le dos, pour rentrer dans la
rue Cannebière, bordée d'hôtels et de cafés somptueux.
La Cannebière, c'est l'orgueil des Marseillais, qui disent
volontiers que : « Si Paris avait une Cannebière, ce serait
un petit Marseille ». De là, nous gagnons, en tramway,
le pied de la montagne au haut de laquelle est bâtie
Notre-Dame-de-la-Garde.

Il y a quelques années encore, c'était toute une excursion que de grimper au sommet de cette montagne ; mais
la science moderne a enfanté là une merveille de plus :
un ascenseur confortable et à double-voie, l'une pour la
montée, l'autre pour la descente, qui s'effectuent en
même temps, nous hisse en quelques minutes à la cime.
Quel merveilleux panorama se déroule de là à nos yeux !
La Méditerranée aux flots bleus s'étend à perte de vue,
sillonnée en tous sens par les grands vaisseaux et par les
voiles blanches des barques de pêcheurs ou des yachts
de plaisance. C'est avec peine que l'on détache ses yeux
de cet éblouissant décor pour entrer dans l'église. Ce
qui nous y frappe le plus, c'est la prodigieuse quantité
d'ex-votos sous lesquels disparaissent les piliers et les
murs. Le marin, continuellement exposé à la fureur des
flots, est resté plus croyant que le reste des hommes ;
aussi la plupart de ceux qui ont couru quelque grand
danger en témoignent-ils leur reconnaissance à leurs
sauveurs par l'offrande d'un ex-voto, avec une inscription

relatant le péril qu'ils ont couru et la façon dont ils y ont échappé.

Après cette rapide visite à Marseille, nous reprenons le train qui va nous conduire à destination. Nous ne côtoyons pas, il est vrai, le littoral, dont un massif de montagnes nous sépare; çà et là seulement, près de la Ciotat, près de Bandol, nous retrouvons un fugitif aperçu sur la mer bleu d'azur; mais quelle admirable campagne, avec des arbres tout nouveaux pour nous, des arbres qui sont déjà ceux des pays chauds, pins d'Alep, oliviers, figuiers, citronniers, orangers, etc.! Aussi, au bout de deux heures passées comme dans un rêve, sommes-nous tout étonnés d'avoir franchi déjà les soixante-sept kilomètres qui séparent Marseille de Toulon, et d'être arrivés au terme de la première partie de notre voyage.

### Toulon.

Toulon est le premier des cinq ports militaires de la France. Bâti sur la Méditerranée, au fond d'une rade très vaste et extrêmement sûre, c'est la sentinelle avancée de notre frontière du Sud-Est.

La ville en elle-même n'offre rien de remarquable; son charme tient surtout à son site et à son encadrement pittoresque. Une montagne la domine et la protège contre les vents du Nord; le long des flancs de cette montagne croissent quantité d'oliviers, de figuiers, d'amandiers et d'orangers tandis que sur les hauteurs poussent les plantes parfumées, myrthes, aloès, lauriers roses.

Mais ce qui y captive l'étranger, c'est le spectacle de son port avec sa forêt de mâts, ces cuirassés massifs, ces vaisseaux de tout rang et de toute taille, appelés à devenir en temps de guerre comme autant de géants terribles qui lanceront la destruction et la mort...

Allons donc jeter un coup d'œil à cette flotte, espoir de la France aux jours de péril.

Les voici devant nous ces colosses flottants, avec leurs canons de gros calibre, et leurs flancs revêtus d'énormes plaques d'acier de cinquante à soixante centimètres d'épaisseur, qui leur ont valu leur nom de cuirassés. Leur longueur dépasse quelquefois cent mètres, et cinq cents hommes d'équipage sont nécessaires pour faire manœuvrer ces géants de la mer.

Voici les gardes-côtes, des cuirassés également, mais plus petits et d'un plus faible tirant d'eau, ce qui leur permet de se porter sur tous les points où leur présence peut être nécessaire ; puis les canonnières, d'un moindre tirant d'eau encore, et capables, au besoin, de remonter les fleuves ; elles sont armées de canons et de canons-revolvers ; leur équipage n'est que de vingt-cinq à trente hommes. Enfin, dans cette anse voici les torpilleurs.

A voir ces petits navires, on ne se douterait guère du rôle important qui leur est assigné. C'est à eux pourtant que revient la mission de détruire les puissants cuirassés, mouillés soit dans une rade, soit au large.

Ils ont généralement de vingt-cinq à trente mètres.

De forme très allongée, ils sont, au contraire, très peu
élevés au-dessus de l'eau, de sorte que, lorsqu'ils sont en
marche, la mer les recouvre en grande partie, et même,
si les flots sont un peu agités, on n'aperçoit plus que la
pointe de leur cheminée. De plus, pour mieux les dissi-
muler, leur surface supérieure est peinte en noir ou en

Lancement d'une torpille.

gris très foncé. L'intérieur de ces bateaux est occupé
presque entièrement par de puissantes machines construites spécialement pour déployer une grande vitesse,
de quarante à cinquante kilomètres à l'heure, tout en
ne produisant qu'un faible bruit, à peine perceptible du
dehors. Remarquez à l'avant de cette forte tige : c'est le
tube par lequel sera lancé l'engin explosif appelé torpille, qui doit, en éclatant sous le vaisseau ennemi,
le faire couler, infailliblement. Il y a différentes sortes

de torpilles; celle que notre gravure représente est la torpille *Whitehead*, qui peut être projetée à trois ou quatre cents mètres de distance; elle file alors sous l'eau par un mécanisme spécial; mais son grand inconvénient est qu'un obstacle quelconque peut la faire dévier de sa direction.

Les torpilleurs que nous venons de voir sont dits *lance-torpilles*. Il y en a d'autres dont la forme extérieure est la même, mais que l'on désigne sous le nom de *porte-torpilles*. Leur rôle consiste à s'approcher à l'improviste du vaisseau qu'ils veulent détruire et à placer sous ses flancs l'engin explosif.

Avec ces derniers on est plus sûr d'arriver au but, mais on court plus de danger puisqu'on est contraint d'aborder l'ennemi. Et le péril ici est d'autant plus grave que les cuirassés, sachant le sort qui leur est réservé s'ils ne font bonne garde, sont pourvus de puissants réflecteurs à foyers électriques à l'aide desquels ils projettent dans toutes les directions des flots de lumière fouillant incessamment la mer.

Si le torpilleur est découvert, malheur à lui! On lui envoie une volée de boulets dont un seul peut suffire à le faire sombrer. Ce n'est qu'en s'éloignant au plus vite qu'il a chance d'échapper au danger, si toutefois il y peut réussir.

Aussi faut-il des hommes habitués à regarder la mort en face pour former l'équipage des torpilleurs. Et autant pour vous montrer cette bravoure que pour rendre hommage à nos vaillants marins nous ne pouvons résister au désir de vous raconter ce brillant fait d'armes accompli lors de la conquête du Tonkin, en 1884.

Les flottes française et chinoise étaient en présence, et le combat n'allait pas tarder à se livrer, terrible, implacable. Le brave amiral Courbet, qui commandait en chef nos forces navales, réunit en conseil les principaux officiers et leur donna ses instructions. Le lieutenant de vaisseau Latour, commandant le porte-torpilles no 46, reçut l'ordre d'aller détruire le cuirassé chinois *Fou-Po*. Il se rendit à son bord et apprit à son équipage la glorieuse, mais périlleuse mission, qui lui était confiée. Tous les préparatifs furent faits, et on attendit le signal du départ qui devait être donné par le vaisseau-amiral. Bientôt ce signal est donné. Le torpilleur part à toute vapeur; en quelques minutes il est assez heureux pour atteindre son ennemi sans en avoir été aperçu; la torpille placée à point éclate; une immense gerbe d'ondes jaillit; le *Fou-Po* fait eau de toutes parts et lentement commence à sombrer...

Sitôt l'explosion produite, le commandant jette son ordre de « machine en arrière! » Mais le 46 ne bouge pas. On s'aperçoit alors, avec quelle anxiété terrible, il est à peine besoin de le dire, — que le tube destiné à placer la torpille s'est engagé dans l'arrière du bâtiment chinois... On va donc être entraîné sous son poids! Pour comble de malheur, les marins du *Fou-Po*, se voyant perdus, veulent au moins se venger, et font un feu terrible sur notre pauvre torpilleur; plusieurs hommes sont blessés; l'un d'eux a le bras cassé; le lieutenant Latour lui-même

reçoit une balle dans l'œil. Sans s'occuper de sa blessure
qui doit cependant le faire terriblement souffrir, il s'obs-
tine à vouloir dégager le 46, et commande une manœuvre
habile qui, exécutée avec énergie, réussit heureusement.
Le torpilleur file à toute vitesse et ne s'arrête que lorsqu'il est en sûreté! Le *Fou-Po*, lui, en moins d'un quart
d'heure, s'abîme dans les flots.

Voilà, mes petits amis, de quoi sont capables les marins
français. N'est-ce pas qu'ils sont dignes de leurs aînés et
que l on est heureux de se sentir défendus par des gens
d'un tel cœur et d'un tel héroïsme ?

Après avoir admiré notre belle flotte, ce qu'il faut voir
à Toulon, c'est l'arsenal. Mais, pour y pénétrer, il faut
une autorisation du préfet maritime ; exception est faite
pour les officiers et sous-officiers de l'armée de mer, que
leur devoir y appelle souvent. L'un de vos guides a justement l'honneur d'être au nombre de ces privilégiés ; il
peut donc vous renseigner comme il faut.

L'arsenal de Toulon est le plus important des arsenaux
de France ; il occupe la surface de trois cents hectares,
et l'on évalue à dix mille le nombre des ouvriers qui y
sont occupés. En entrant dans ses vastes cours, on reste
pétrifié d'étonnement devant ces piles immenses de boulets, de bombes et d'obus, devant ces canons gigantesques
qui semblent comme endormis et qui auront un si terrible réveil...

Dans les magasins, des milliers de fusils sont amoncelés
en compagnie de sabres, de haches d'abordage, etc. ; les
murs en sont garnis. Partout ce ne sont qu'instruments

Embarquement de troupes.

de mort; que voulez-vous? c'est d'eux, peut-être, que dépend la vie de notre chère patrie. D'autres magasins sont remplis de tous les accessoires nécessaires aux navires.

La corderie surtout attire l'attention sur l'immense quantité des cordages de toutes sortes qu'elle renferme et par l'activité ouvrière qui y règne. Enfin en sortant de l'arsenal, nous passons devant de vastes casernes où sont logées les troupes de la marine, *infanterie* et *artillerie*.

Ces troupes sont chargées de la garde et de la défense des colonies, et à tour de rôle elles vont prendre le service de ces contrées lointaines. Cela ne les empêche pas, bien entendu, de participer aux luttes gigantesques qui ont trop souvent lieu, sur terre, entre les peuples européens. Peut-être les Prussiens se souviennent-ils de notre infanterie de marine, à Bazeilles!

## Le Départ.

C'est dans une de ces vastes casernes que se trouve, depuis un peu plus d'un an, le sous-officier qui va seul continuer ce long voyage.

Le 15 mars 1890, dans la soirée, il est assis près d'une fenêtre de sa chambre, parcourant les derniers feuillets d'un livre qui l'a beaucoup intéressé, lorsqu'on frappe à la porte. C'est un soldat de service, le planton, suivant le terme consacré, qui vient lui remettre copie d'un télégramme ainsi conçu

« Le sergent Badier embarquera demain matin à bord du *Comorin* à destination du Tonkin. »

Depuis quelque temps il sait que son départ est proche; néanmoins il éprouve une émotion, bien compréhensible du reste, à la pensée de s'éloigner de sa patrie, de ses parents, pour toujours peut-être !

Il n'a pas de temps à perdre; c'est à la hâte qu'il prépare sa malle et y place bien des petites choses indispensables lorsqu'on doit rester six semaines en mer. Il écrit aussi à ses parents pour les informer de son départ. A l'heure où ils auront sa lettre, le lendemain, il sera déjà loin! Puis il reçoit la visite d'autres sous-officiers, des camarades qui viennent le féliciter, lui nommer ceux qui vont embarquer en même temps que lui, et l'assurer qu'eux aussi ils auraient bien voulu être désignés.

Le lendemain matin il est brusquement réveillé par le *rappel aux passagers*. Il s'habille bien vite; il descend dans la cour, où il se mêle au détachement déjà formé, et l'on se rend au quai d'embarquement. Là un remorqueur attend; tous, nous y prenons place et en quelques minutes nous sommes conduits à bord du *Comorin*.

Une petite chambre basse, éclairée par deux petits hublots circulaires, contenant huit petites couchettes superposées deux à deux sur chacune des quatre faces, est assignée aux sous-officiers. C'est leur appartement pour une quarantaine de jours.

Sitôt débarrassés de nos petits paquets, qui sont placés de façon à tenir le moins de place possible (les malles étant dans les cales), nous n'avons rien de plus pressé

qué de monter sur le pont pour jouir du coup d'œil
que présente le quai, animé par une foule nombreuse
qui veut assister à notre départ.

Bientôt un son, aux tonalités plaintives et lugubres,
mais grave et puissant, se fait entendre ; c'est la *sirène*
qui indique que l'heure approche ; quelques instants après
elle siffle de nouveau ; c'est avec anxiété que l'on attend
le troisième coup...

La foule s'est avancée de plus en plus vers l'appontement ; et, de toutes les bouches sort une avalanche de
souhaits et de vœux...

Mais la sirène retentit pour la troisième fois, et aussitôt
il se produit un léger mouvement accompagné d'un
violent remous de l'eau. C'est le départ !

Un immense cri éclate parmi les passagers comme
parmi la foule. « Au revoir ! Bonne chance ! » Les mouchoirs, les chapeaux, les képis s'agitent de part et d'autre.

Peu à peu la distance augmente, les cris se perdent ;
une dernière fois le commandant du navire salue les
spectateurs en agitant sa casquette galonnée, et tout
rentre dans le silence.

### En Mer.

Nous restons longtemps encore sur le pont ; nos yeux
ne peuvent se détacher de cette terre de France qui
s'éloigne peu à peu. C'est à ces moments où on la quitte,

que l'on sent combien on y est attaché ! Plusieurs d'entre nous laissent couler leurs larmes, les autres ne les retiennent que difficilement. Hélas ! plus d'un la voit pour la dernière fois, cette côte qui s'efface peu à peu à l'horizon, combien reposeront à jamais, soit au sein de la terre étrangère, soit dans les gouffres de cet océan sur lequel ils voguent !...

Bientôt la côte disparaît tout à fait; plusieurs demeurent encore là, plongés dans de profondes réflexions, tandis que d'autres rentrent dans leurs cabines.

Malheureusement, un vent violent ne tarde pas à s'élever; les flots se gonflent en mugissant et la surface bleuâtre de la Méditerranée est sillonnée de vagues écumantes; aussi le mal de mer se fait vite sentir; les premiers atteints reçoivent force quolibets de ceux qui se croient plus vaillants; mais ces derniers capitulent à leur tour devant la force du *tangage* et du *roulis*.

Après vous avoir dit que le mal de mer produit le même effet qu'un vomitif donné à forte dose, nous vous laissons, chers lecteurs, le soin d'évoquer le tableau que nous offrons aux matelots du *Comorin*. Mais ce mal n'amène pas que ces effets... comiques qui excitent le rire sur vos lèvres; il est très fatigant, il cause de violents maux de tête et délabre complétement l'estomac par les efforts qu'il provoque.

De plus il ne se fait pas sentir seulement sur les passagers; sans doute, ils y sont plus exposés que les marins de profession, mais ceux-ci, lorsqu'ils sont restés longtemps à terre, n'en sont pas toujours exempts en reprenant la mer. Le meilleur remède contre le mal de mer, est de rester couché.

Ces incidents ne retardaient en rien, bien entendu, la marche du navire, et le 17 au matin, en montant sur le pont, nous apercevons à l'horizon les premières maisons d'Alger. Cette ville n'est pas située sur le parcours ordinaire que l'on suit pour aller de France en Asie; mais le *Comorin* devait y embarquer un détachement de la Légion étrangère destiné, lui aussi, au Tonkin.

A la vue de cette côte, qui n'est qu'un prolongement de la France au-delà de la Méditerranée, la joie se peint sur tous les visages. On espère avoir là un assez long arrêt permettant d'aller dans quelque bon hôtel, prendre tranquillement, sans crainte de nouvelles nausées, un repas réconfortant dont on a bien besoin; on compte ensuite qu'on pourra faire un peu connaissance avec la capitale de notre belle colonie. Illusion vite dissipée ! A midi, nous mouillons en rade d'Alger, mais avec défense de descendre à terre, quoique l'arrêt soit de douze heures. Nous restons donc là, tout ce temps, à... contempler la ville, de loin, ce qui est tout à fait insuffisant pour pouvoir en donner une description même sommaire. Afin que les heures nous paraissent moins longues, nous allons à nos nouveaux compagnons de route avec lesquels nous nous entretenons longuement, et c'est d'eux maintenant qu'il va être question.

## La Légion étrangère.

Nous avons en Afrique deux régiments de Légion étrangère, casernés tous deux en Algérie, sur les confins du désert. Comme le nom l'indique clairement, les soldats de ces régiments sont tous des étrangers. Parmi eux figurent de nombreux déserteurs des armées des autres nations, et aussi beaucoup d'Alsaciens-Lorrains, qui, ne pouvant se résoudre à coiffer le casque à pointe, n'ont pas hésité à quitter leur famille et tout ce qu'ils possèdent pour venir en France s'engager dans ce corps le seul de l'armée française qui leur soit ouvert. On y trouve également d'autres hommes, qui, à la suite de fautes graves, sont obligés de quitter leur patrie; ils demandent un asile dans la Légion; on les y envoie et l'on ne s'occupe pas de leur passé.

Seulement, ces étrangers ne peuvent devenir officiers, tous les grades à partir d'adjudant étant tenus par des Français; mais ils peuvent devenir sous-officiers et il n'est pas rare de rencontrer un simple caporal ou un simple sergent qui était autrefois officier supérieur dans son pays.

Vous pourriez croire, petits amis, qu'une troupe composée de tels éléments ne doit inspirer qu'une médiocre confiance. Eh bien! détrompez-vous. Sur tous les champs de bataille, dans les postes les plus périlleux, la Légion n'a jamais reculé. Il semble que ces hommes, qui ont eu le bonheur de s'abriter sous le drapeau français, ont fait un retour sur eux-mêmes; pour laver le passé, ils ne sont pas avares de leur sang : on l'a bien vu au Tonkin et, plus récemment encore, au Dahomey. Ils sont dignes maintenant de leur nouvelle patrie.

## Le Canal de Suez.

A minuit, nous quittons Alger en longeant les côtes d'Afrique; on ne le perd guère de vue jusqu'à notre arrivée à Alexandrie qui a lieu sans incident digne d'être noté. Le 12, au matin, cependant, nous pouvons jouir d'un spectacle qui ne manque pas d'une certaine gaieté. Nous nous trouvons dans les parages remplis de marsouins. Ils suivent le navire en faisant toutes sortes d'évolutions, surtout lorsqu'on jette des détritus à la mer. Ces poissons, d'une longueur allant jusqu'à un mètre cinquante se meuvent si aisément qu'on a de la peine à apercevoir leurs mouvements; cependant ils luttent de vitesse avec nous.

Le même jour, vers onze heures, un vent assez fort se met à souffler; le commandant en profite pour faire une économie de charbon. Il ordonne de déployer les voiles et nous naviguons ainsi jusqu'au soir. Cette navigation à la voile est bien plus fatigante que la navigation à vapeur; il y a beaucoup plus de roulis. C'est du reste la seule fois que l'on en usa au cours de notre longue

Vue de Suez.

traversée. Le 23 nous sommes en vue d'Alexandrie, ville bâtie aux embouchures du Nil et port le plus important de l'Égypte, car les productions de l'intérieur de l'Afrique sont, en grande partie, amenées là par la voie du Nil, pour être ensuite expédiées à leurs diverses destinations.

Nous ne nous y arrêtons pas; aussi quelques heures après, arrivons-nous à *Port-Saïd*, petite ville égyptienne qui n'a d'importance que depuis le percement de l'isthme de Suez, elle se trouve en effet à l'entrée nord du canal.

Ce canal, d'une longueur de cent soixante kilomètres, fait communiquer la Méditerranée avec la mer Rouge. C'est une œuvre prodigieuse qui a été tentée à plusieurs reprises et n'a été exécutée que depuis peu par un Français avec des capitaux français.

Ce Français a nom Ferdinand de Lesseps. Il rendit non seulement à la France, mais à l'humanité entière un immense service en abrégeant considérablement la route de l'extrême Orient, comme vous pouvez facilement vous en rendre compte en consultant votre atlas de géographie. Il fallait en effet passer par le détroit de Gibraltar et contourner l'Afrique.

Le canal de Suez est creusé dans un terrain sableux, ce qui fait que, par moments, la navigation y est encore difficile, à cause des bancs de sable que le courant charrie de temps à autre, et qu'il faut éviter. Il n'est pas assez large pour que deux vaisseaux y puissent passer de front; aussi, y a-t-on établi, de distance en distance, des garages, où l'on est obligé de se réfugier pour laisser la route libre à un bateau venant en sens inverse. Il est de règle que les navires venant de la mer Rouge aient passage libre; c'est donc ceux qui viennent de la Méditerranée qui doivent se détourner.

Ces garages sont tout simplement des endroits où le canal est élargi. Sur le bord, se trouve une maisonnette, où habite un gardien chargé de la manœuvre d'un sémaphore, qui indique aux commandants des navires s'ils doivent se garer ou continuer leur route.

Nous cheminons donc lentement, escortés sur les berges par de petits Arabes en guenilles, qui demandent aux passagers du pain ou quelque menue monnaie.

Vers le soir, le *Comorin* est obligé de se garer pour laisser passer un vaisseau de guerre brésilien.

Nous sommes alors témoins d'une manifestation touchante de la part des marins de ce vaisseau. Après les coups de canon échangés de part et d'autre comme salut d'usage, le Brésilien stoppe, la musique de son bord joue la *Marseillaise*, tandis que les marins poussent les cris de : Vive la France! Nous répondons de notre mieux par les cris de : Vive le Brésil! de sorte qu'il y a un moment de bruyantes acclamations. Les deux commandants échangent un salut cordial, puis continuent leur route en sens inverse. Tout rentre bientôt dans le silence.

### De Suez à Saïgon.

Le 24 au matin, nous sommes à l'extrémité sud du canal où est bâtie la petite ville de Suez : au sortir du canal nous entrons dans la mer Rouge, si redoutée pour ses tempêtes et ses bancs de sable. Nous avons la chance de l'avoir calme tout le temps de la traversée et aucun incident sérieux n'est à signaler. Parfois cependant notre curiosité est vivement excitée par les poissons volants. Ils vivent dans cette mer en troupes nombreuses et par le temps calme sautent hors de l'eau à plusieurs pieds de hauteur.

Ce sont de petits poissons, hérissés sur les côtés de nageoires terminées par des piquants, analogues à la nageoire dorsale de la perche de nos rivières.

Le *Comorin*, favorisé par un temps splendide, avance donc avec rapidité, et le 29 nous sommes à l'entrée du détroit de Bab-el-Mandeb. Ce détroit, qui fait communiquer la mer Rouge avec l'océan Indien, a une largeur d'environ un demi-kilomètre ; mais il est embarrassé d'une quantité de petites îles rocheuses sans aucune importance, à l'exception cependant de *Périm* qui appartient aux Anglais, maîtres, par elle, d'une des clefs de la mer Rouge. Ils y ont en outre établi un dépôt de charbon où presque tous les navires renouvellent en passant leur provision.

Le détroit de Bab-el-Mandeb est bientôt franchi, et

nous arrivons à Obock, comptoir français établi sur la côte d'Afrique, ce n'est guère qu'un dépôt de charbon pour nos navires. Des magasins, une petite caserne, un hôpital et quelques maisons, voilà toute la localité.

Nous y passons la nuit; en rade, bien entendu.

Le surlendemain nous doublons le cap Guardafui et nous entrons dans l'océan Indien.

A partir de ce moment, notre voyage devient moins agréable : nous ne pouvons plus que contempler l'eau et le ciel, ce qui n'est pas une distraction bien attrayante quand il y a déjà une vingtaine de jours que l'on est sur mer.

Aussi, pour passer le temps le plus agréablement possible, entretenons-nous quelques instants de la vie à bord.

### La vie à bord.

A cinq heures et demie, réveil pour tout le monde; aussitôt commence la toilette du navire : les matelots, pieds nus, pantalon retroussé jusqu'aux genoux, lavent à grande eau et briquent, c'est-à-dire frottent avec de forts balais, le pont et l'entrepont. Les soldats passagers, eux, nettoient les cabines. Après cela, déjeuner sommaire. Le restant de la matinée est employé à faire briller les parties métalliques, les cuivres principalement. Ce n'est qu'en visitant un vaisseau qu'on peut se faire une idée de sa propreté minutieuse. D'une façon générale, on peut dire que, jusqu'au déjeuner de midi, tout le monde est plus ou moins occupé.

Dans l'après-midi, on est libre, à l'exception cependant de ceux qui sont de service et qui montent leur faction sur divers points du bateau.

On ne se douterait pas que ces services de garde sont nombreux ; ils le sont cependant. Sans parler des services spéciaux des matelots, toujours prêts à exécuter les ordres de l'officier de quart, nous voyons, pour les troupes de passage, des hommes commandés pour bien des services divers. Citons les suivants :

*Faction à l'arrière du navire.* — L'homme de service n'a pas du fusil, mais il se tient constamment à l'endroit où sont suspendues des bouées de sauvetage. Si le cri : « Un homme à la mer ! » se fait entendre, il saisit la hache et coupe immédiatement les cordes qui les retiennent ; que le malheureux qui se débat dans les flots en saisisse une et il est sauvé d'une mort horrible. La nuit, pour que les bouées soient visibles, elles sont pourvues d'un falot à feu rouge.

*Faction à la mèche.* — Il est permis de fumer sur le pont, mais défense est faite d'enflammer une allumette ; il faut prendre du feu à une mèche qui brûle continuellement au grand mât. C'est pour son entretien qu'un homme est mis de faction près d'elle ; il n'a pas grand mal en vérité, mais enfin il faut qu'il soit là.

*Faction à l'avant du vaisseau.* — Là aussi, il y a une bouée de sauvetage, et puis il faut empêcher les passagers de se grouper tout à fait à l'avant, car ils pourraient masquer la vue du commandant.

*Faction aux prisonniers.* — Les prisonniers sont placés dans la cale du vaisseau ; il y fait une chaleur étouffante. Lorsque des hommes ont commis une faute grave, ils peuvent être punis de prison avec mise aux fers. Le prisonnier est alors couché sur le dos, les jambes enchaînées à une lourde barre de fer, disposée de telle façon qu'elle empêche presque tout mouvement. Cette punition, bien barbare, tend heureusement à disparaître ; elle n'est plus employée qu'exceptionnellement, et pour de graves manquements à la discipline.

Les officiers du bord ne sont pas ceux qui ont le moins de service, au contraire. Pour régler convenablement la marche du navire, pour qu'il ne prenne pas insensiblement une fausse direction qui l'égarerait dans l'immensité des mers, il faut que l'officier chargé de le diriger, ait constamment les yeux sur la boussole et sur la carte, afin d'indiquer au matelot qui tient en mains le gouvernail, tous les mouvements qu'il doit faire. On comprend qu'un service qui demande une attention aussi soutenue soit pénible ; il pourrait même devenir dangereux s'il était trop prolongé. C'est pour cette raison que le commandant et ses lieutenants se relèvent régulièrement ; le tour de rôle a lieu toutes les quatre heures ; de là les expressions : prendre le quart, officier de quart.

Il est bien entendu que toutes les factions dont nous venons de parler, ainsi que toutes les autres que nous passons sous silence, se font d'une façon continue, aussi

bien la nuit que le jour. Ceux qui échappent à ces différents services, passent leur temps comme ils peuvent;
les uns lisent, d'autres écrivent aux parents et aux amis
des lettres qui seront déposées au service postal du premier port où l'on fera relâche; quelques-uns notent leurs
impressions et tout ce qui a attiré leur attention; le plus
grand nombre se livre à d'interminables parties de cartes.

Voilà notre vie pendant les dix jours qui suivent notre
entrée dans l'océan Indien, alors que nous n'avons plus
que l'immensité sur nous et autour de nous.

Le 6 avril, nous arrivons à Colombo, port de l'île de
Ceylan, appartenant à l'Angleterre. Ce port présente une
grande animation; à chaque instant, arrivent ou partent
des vaisseaux; d'autres, le long des quais, prennent ou
débarquent des marchandises. C'est que nous sommes là
sur la route des paquebots de l'Extrême-Orient, et de
plus, près des Indes qui, à elles seules, causent une
grande partie de cette immense trafic. On se rappelle
alors que ces Indes étaient naguère françaises, et l'on
ne peut s'empêcher de maudire l'insouciance du gouvernement de Louis XV, qui ne sut ni ne voulut les défendre contre la rapacité des Anglais, qui les leur livra
après avoir abandonné Dupleix, lequel faisait des prodiges pour nous les conserver...

Les règlements anglais pour le port de Colombo sont
si sévères, qu'il est interdit à deux transports de guerre
d'y séjourner en même temps. Et comme l'*Annamite*, qui
revenait du Tonkin, ramenant en France quelques-uns
de ceux que nous allions remplacer, se trouvait en

même temps que nous dans les eaux de Colombo, il dut attendre au large notre sortie du port pour y être admis à son tour.

Mais pourquoi, direz-vous, s'arrêter dans un port anglais? Passe pour les vaisseaux affectés au transport des marchandises; mais nos navires et nos transports de guerre, qu'ont-ils à y faire? Ils ont à y faire du charbon, mes enfants, car, quand il y a une dizaine de jours qu'un vapeur tient la mer, son stock est bien prêt d'être épuisé. Savez-vous que dans les machines du « Comorin », par exemple, s'engouffrent jusqu'à trente mille kilogrammes de charbon par jour?

Il faut donc bien qu'il renouvelle sa provision et cela est assez curieux pour que nous en disions quelques mots. Dès que le navire est amarré, des chalands viennent se ranger le long de ses flancs où sont ménagées des portes qui s'ouvrent aussitôt. Une armée de pauvre diables prennent place sur ces chalands; les uns s'occupent à remplir des bannes que d'autres portent, en passant sur des planches étroites, et vident dans le ventre de ce nouveau Gargantua que Rabelais n'avait pas prévu.

En continuant notre route, après notre sortie du port de Colombo, nous croisons l'*Annamite*, nous ne l'approchons pas assez pour pouvoir féliciter de vive voix ceux qui viennent de faire simplement mais bravement leur devoir, ni pour pouvoir entendre les souhaits qu'ils nous adressent; mais mouchoirs et képis agités frénétiquement de part et d'autre avec émotion en disent long à ce sujet. Le 11, au matin, nous sommes en vue des îles Nico

bar. Tous les passagers sont bientôt sur le pont pour jouir
du magnifique spectacle qu'elles présentent ; l'une d'elles
surtout, qui offre l'aspect d'un pentagone régulier dont
les arêtes émergent verticalement des flots et dont le
sommet arbore un immense bouquet de verdure formé
par des arbres énormes, pour la plupart des cocotiers,
attire et fixe la vue.

Continuant d'avancer rapidement, nous pénétrons,
l'après-midi, dans le détroit de Malacca. Deux jours sont
nécessaires pour le franchir ; on est alors en vue de la
passe. Le pilote demandé vient à notre rencontre, et
bientôt nous mouillons dans le port de Singapour.

Nous sommes encore là sur territoire anglais. Remar-
quez-vous, chers petits lecteurs, que tous les points
maritimes importants que nous trouvons en route sont
occupés par les Anglais ? Et il en est ainsi un peu partout ¡en effet, car par tous les moyens (pas toujours
loyaux) l'Angleterre s'approprie les lieux qui doivent
lui permettre de rester la reine des nations maritimes.

Singapour est admirablement situé ; son commerce
est de plus en plus important et sa prospérité s'accroît
sans cesse. C'est que sa rade est merveilleusement sûre.
Devant de hautes habitations se plonge un vaste quai,
tellement encombré que, pour dégager plus rapidement
les marchandises, on a dû, dans ces dernières années,
y construire un petit chemin de fer Decauville.

Tout autour de cette ville si animée, ce sont des allées
et des promenades où, chaque soir, au coucher du soleil,
les belles créoles viennent se promener dans leurs jolis

équipages traînés par de petits chevaux javanais aux allures gracieuses et fringantes. Un peu en arrière de la ville commence un coteau dont la rampe est douce et ombragée. A son sommet se groupent les plus jolies habitations que l'on puisse voir, villas charmantes, chalets superbes, dont les toitures émergent à peine des bouquets de palmiers, de cocotiers ou de bambous...

Nous quittons cette ville pittoresque, le lendemain matin, par une mer absolument calme. Le soir nous arrivons au cap Saint-Jacques, qui est doublé pendant la nuit. Au matin nous sommes à l'embouchure de la rivière de Saïgon ; la marée montante nous en facilite l'entrée.

D'un aspect très agréable, ce fleuve aux mille détours, coule à travers un fouillis inextricable d'arbustes de toutes sortes ; les rives en sont au niveau de l'eau ; aussi ne présentent-elles jusqu'à une certaine distance que des marécages où vivent une quantité considérable de singes d'assez grande taille qui fuient en gambadant devant le bateau.

Quelques indigènes seulement sont fixés sur ces bords ; ils se logent dans des espèces de petites barques qui leur servent à la fois d'habitation et de moyen de navigation. Ces embarcations, appelées *sampans*, quoique d'un usage assez pratique, sont faites grossièrement ; elles ont une longueur de cinq à dix mètres et une largeur de deux à trois mètres ; le milieu est recouvert d'une toiture circulaire faite en natte de bambous. L'arrière est réservé à la cuisine ; l'avant est pour les rameurs ; de chaque côté est adapté verticalement un fort morceau

de bois auquel on fixe l'aviron au moyen d'une corde
en peau de buffle. Le rameur se tient debout et exécute
sa manœuvre en faisant un mouvement alternatif de va
et vient très fatigant, mais qui imprime à l'embarcation
une vitesse assez grande.

Les marécages cessent bientôt et font place à de magnifiques prairies où paissent de nombreux troupeaux de
bœufs et de buffles.

Les rencontres de bateaux de nations diverses devien-
nent fréquentes; on sent que l'on approche d'une ville
d'une certaine importance.

Sur les rives, les villages se succèdent à moins d'intervalles. Très curieux pour nous ces villages pittoresques,
qui semblent bâtis à la hâte : quelques piliers en bambous, des lattes de même nature entrecroisées, recou-
vertes d'un mélange de terre et de paille de riz (torchis)
forment les murs des maisons; enfin, une mauvaise toiture, en paille également, complète ces habitations pri-
mitives. Nous verrons plus loin que les maisons des parties hautes du Tonkin sont mieux et plus solidement
construites. A cinq heures du soir nous sommes en vue
de Saïgon. On ne distingue d'abord de la ville que les tours
de la cathédrale; peu à peu les maisons apparaissent. On
approche. Les signaux pour demander le pilote sont faits
et vite aperçus. Le pilote vient au-devant de nous, monte
sur le *Comorin*, dont il prend le commandement. Bientôt
nous entrons dans le port où, après une manœuvre fort
habile, le vaisseau est ancré à la place qu'on lui a d'avance
assignée.

## Saïgon.

Après trente jours continus passés sur un navire, on comprend avec quelle impatience on attend le moment de débarquer, ne fut-ce que pour quelques heures.

En arrivant au soir, mais de jour encore, nous formons bien le projet de descendre, d'aller nous asseoir à une table moins mouvante que celle du bord, de nous coucher dans un lit, sinon plus moelleux, tout au moins plus large que ceux des cabines. Nous nous trompons, le débarquement est remis, par ordre, au lendemain matin. Maugréer, dans le métier militaire, est chose complètement inutile; récriminer ne mène à rien non plus. Force nous est donc, après dîner, de contempler d'un œil d'envie, du pont de notre bateau, les milliers de lumières éclairant les rues et les magasins de la ville.

La nuit se passe, tant bien que mal, et, cette fois, c'est allègrement qu'on se réveille, allègrement qu'on se lève et s'habille. Enfin, nous voici à terre, et nous gagnons la caserne de Saïgon.

Là, nous revoyons avec plaisir quelques-uns de nos anciens collègues de Toulon, partis avant nous. Comme l'on se serre la main! Que de questions empressées!

« Restez-vous ici?

— Non, nous montons au Tonkin.

— Tant mieux pour vous alors; nous avons ici un service du diable, et puis on s'y ennuie à la longue. Là-

haut, votre vie sera plus mouvementée, plus dure, plus
exposée aux risques peut-être ; mais bast ! c'est là la
bonne vie militaire.

— A propos, X..., comment va-t-il ? Où est-il ?

— Ah ! ce pauvre X... ! Pas de chance lui ; à peine
était-il ici, qu'il a été empoigné par la dysenterie qui
l'a mené à l'hôpital, et puis après..., enfin, il est mort,
quoi. »

Ce n'était pas encourageant, ces paroles adressées à
des nouveaux venus.

« Et, Y... ?

— Y..., un veinard celui-là ; il a eu la chance d'être
appelé au Tonkin ; et pendant que nous étions ici à
nous morfondre, il commandait un poste militaire. Ce
poste a été attaqué par une forte bande de pirates. Y... a
fait face héroïquement à l'attaque, et il a repoussé les
pirates qui ont laissé pas mal des leurs sur le carreau.
Sa belle conduite et une blessure assez sérieuse lui ont
valu la médaille militaire. Et, de plus, il vient de partir
en France par un des derniers transports. Ah ! oui, un
vrai veinard, celui-là ! »

Et ces questions, sur les amis, sur la vie que l'on allait
mener, se croisaient, impatientes.

Après un modeste déjeuner, ce que nous demandons
tous, c'est de sortir un peu par la ville, pour prendre
contact avec ces peuples d'Orient avec lesquels nous
allons vivre, et de connaître autant qu'il nous sera possible le chef-lieu d'une de nos belles colonies. Nos
anciens s'offrent avec empressement à nous servir de

guides ; inutile d'ajouter qu'ils sont acceptés avec le même empressement.

Saïgon, en cochinchinois *Thaïgone*, est la ville la plus importante de toute la presqu'ile indo-chinoise ; c'est le chef-lieu de la Cochinchine et du Cambodge, provinces conquises par le Français, en 1862. Elle est située sur la rivière du même nom, à quatre-vingts kilomètres de la mer de Chine ; mais cette rivière est assez large et assez profonde, pour que les navires d'un fort tonnage puissent naviguer.

Pendant le jour, la ville présente une assez grande animation. Les communications y sont faciles et peu coûteuses, grâce aux *Mallais* (1), une voiture carrée, entièrement couverte, pouvant contenir cinq ou six personnes, et répondant à peu près à notre fiacre de France, avec cette différence, que pour une pièce de cinquante centimes, le cocher vous fait parcourir toute la ville.

Le *pousse-pousse*, dont on a pu voir des spécimens à l'Exposition universelle de 1889, n'est en usage qu'aux environs de Saïgon, un décret du Résident supérieur ayant interdit ce genre de locomotion dans l'intérieur de la ville. C'est un joli petit véhicule monté sur deux roues légères et dont le cocher et la monture sont le seul et même individu ; un Annamite, pieds nus, pantalon large et court, petite blouse et grand chapeau conique, vous promène quelques heures pour une modique rétribution.

(1) Les cochers de ces voitures sont presque tous des Maltais, d'où par extension la désignation de ces véhicules.

Prenant donc un *Maltais* nous visitons les monuments les plus remarquables. La *cathédrale*, de construction récente, contraste étrangement par son style gothique avec l'architecture chinoise des *pagodes*. Ces pagodes sont des temples consacrés au culte de Bouddha; elles sont édifiées avec un luxe inouï; plusieurs d'entre elles sont

Une pagode.

de pures merveilles, avec leurs toits recourbés, peints des plus vives couleurs et surmontés, le plus souvent, de dragons et de divers animaux fantastiques. L'intérieur est encore plus somptueux et plus riche; les autels, magnifiquement sculptés sont recouverts de laque rouge comme tous les accessoires du culte. Ce qui frappe surtout, dès l'entrée, c'est l'énorme statue du dieu, accroupi à la manière de nos tailleurs, puis, tout autour de lui, sur de riches tables de laque, les présents offerts par les fidèles désireux de se mettre dans ses bonnes grâces.

Nous voyons ensuite, extérieurement, le palais de la Résidence, de construction moderne et d'un bel aspect.

En revenant, près de la caserne, nous entrons un moment au *Jardin des Plantes* : le jardin botanique y est

Un Bouddha.

vaste et bien dessiné ; le muséum, très complet, peut, surtout pour certaines espèces d'animaux, rivaliser avec ceux des villes de province de la mère-patrie.

La population saïgonnaise est en grande partie composée de Chinois, presque tous commerçants.

C'est là, que nous voyons pour la première fois ces hommes de race jaune, petits de taille, mais vifs et intelligents, à la figure aux pommettes saillantes. Nous aurons, plus loin, l'occasion de les décrire plus longuement.

Le commerce de Saïgon est très prospère, mais il est encore en majeure partie entre les mains des Chinois, bien que, depuis quelques années, nos nationaux aient commencé à leur faire une redoutable concurrence.

Le mouvement du port nous prouve encore l'importance commerciale de la capitale cochinchinoise ; mais, là aussi, nous nous sommes laissé distancer par les étrangers, et nous nous rappelons le malaise que nous avons éprouvé quand, parmi ce grand nombre de vaisseaux chargeant ou déchargeant leur cargaison, nous n'en avons aperçu aucun battant pavillon français. Effet du hasard ? soit, mais souhaitons aussi que nous passions bientôt au premier rang et que nous sachions tirer meilleur parti d'une de nos plus précieuses colonies.

Nous passons à Saïgon trois jours bien agréables, d'autant plus que, n'étant soumis à aucun service, nous pouvons nous diriger suivant nos idées et un peu à l'aventure. Le soir, on s'attable à la terrasse de cafés de construction récente, luxueux et confortables et d'où, en dégustant lentement son apéritif, on voit passer la foule affairée. Mais, s'il y a quelque chose qui passe vite, ce sont surtout les jours heureux. Aussi, le matin du troisième jour, on nous rappelle que le départ pour Haïphong est fixé à quatre heures et qu'au plus tard tout le monde doit être à bord à trois heures.

A l'heure fixée, après un sérieux appel de tous les passagers à destination du Tonkin, l'ancre est levée. Comme au départ de Toulon, mouchoirs et képis sont longtemps agités en signe d'adieu.

## De Saïgon à Haïphong.

En descendant vers la mer, la rivière a un cours très rapide; aussi, vers six heures du soir, doublons-nous, pour la seconde fois, le cap Saint-Jacques.

Nous trouvons alors l'océan absolument démonté; et, de l'avis de l'équipage, il devait en être ainsi pendant le reste de notre traversée, les mauvais temps étant très fréquents dans ces parages.

Le pronostic se réalise, en effet, et, bien que nous soyons déjà habitués au roulis et au tangage, plusieurs d'entre nous sont repris du mal de mer.

En arrivant près de la baie d'Halung, le commandant juge même prudent de ne pas s'approcher du rivage; on jette l'ancre et nous restons là au large pendant cinq heures.

A la fin, la mer devient plus calme et le *Comorin* fait les signaux pour obtenir le pilote.

Quelques instants après, un canot à voile se dirige de notre côté. La mer est encore loin d'être apaisée, et la frêle embarcation qui vient à nous est littéralement le jouet des flots. C'est le cœur serré par une poignante angoisse que nous la voyons secouée par des vagues furieuses qui menacent à chaque instant de l'engloutir.

Il n'en est rien heureusement, et elle accoste notre navire. En un clin d'œil, le pilote saisit notre échelle de corde et monte sur la passerelle du commandant. Bientôt après, nous étions mouillés dans la baie d'Halung, notre avant-dernière étape maritime.

Nous sommes ici à l'entrée du fleuve Rouge, que nous devons remonter jusqu'à Haïphong, bâti sur sa rive droite à une trentaine de kilomètres de la mer. Mais, comme la marée est basse, nous sommes obligés d'attendre le flux. Le temps s'étant calmé, nous pouvons admirer, de l'endroit où nous sommes mouillés, quelques-uns des monstres marins qui pullulent dans ces parages. De temps en temps, on voit apparaître au large d'énormes masses noirâtres semblables à des débris d'embarcations; peu à peu, ces masses se rapprochent de nous. Ce sont des *souffleurs* qui croient trouver à quelque distance du vaisseau de quoi apaiser leur appétit glouton.

Ces animaux, du genre cétacé, se nomment ainsi parce qu'à chaque instant ils lancent, avec le bruit d'un formidable souffle, une colonne d'eau qui s'élève jusqu'à quinze mètres de hauteur. Ils sont, en petit, ce que les baleines sont en grand.

Il y avait encore des marsouins en grande quantité et des requins qui, bien que de moindre taille, n'en sont pas moins voraces, au contraire. Les requins sont, pour l'homme, les plus redoutables des habitants de la mer. Ils ne se lassent pas de suivre les navires, tant pour happer les dépouilles des animaux que l'on abat, que dans l'espoir d'attraper quelque proie humaine. Pourvues d'une énorme gueule, avec de puissantes mâchoires, que hérissent cinq ou six rangées d'une trentaine de dents

triangulaires et pointues, ces bêtes ont vite fait d'engloutir tout ce qui tombe à leur portée.

Au bout de cinq ou six heures, la marée se faisant
suffisamment sentir, il faut en profiter pour remonter le
fleuve. Le commandant donne le signal du départ et en
route pour notre lieu de débarquement définitif, où
nous quitterons le *Comorin* sans être autrement fâchés.

Bien que le courant soit assez rapide, nous marchons
à une bonne allure et nous sommes bientôt à une assez
grande distance de la mer. Tout le monde est radieux,
les figures, fatiguées par ce voyage maritime de trente-
neuf jours, s'éclairent et s'épanouissent de joie à mesure
que nous avançons.

Le paysage qui se déroule autour de nous rafraîchit
la vue et ajoute encore à notre contentement. Ici, des
rizières bien cultivées présentent l'aspect d'une belle
verdure; là, des champs de ricin, dont le vert sombre
contraste fort avec celui des autres cultures, puis des
champs de patates dont les tiges nous rappellent les
champs de betteraves de notre France. Tout cela nous
fait bien augurer de la fertilité de ce sol que nos devanciers ont conquis et que nous allons garder et pacifier à
notre tour.

Vers le soir, nous apercevons Haïphong, et avant la
nuit nous sommes mouillés au port. Une vingtaine de
sampans, tout chargés de victuailles et montés en général par des femmes, s'approchent alors du navire et
viennent nous offrir, qui du tabac, qui des bananes et
autres produits du pays.

### Haïphong. — Les Annamites.

Avant l'occupation française, Haïphong n'était qu'une petite localité sans importance. Depuis que nous y sommes établis, il y a un changement considérable ; de belles constructions, de vastes magasins et entrepôts y ont été édifiés, de sorte qu'on peut presque dire qu'Haïphong est une ville presque essentiellement française. Comme c'est le seul port du Tonkin, la majeure partie des marchandises alimentant le commerce d'exportation, qui s'accroît tous les jours, aussi bien que les denrées à destination de l'intérieur viennent s'y concentrer. Du fleuve Rouge, où nous sommes, nous apercevons de magnifiques hôtels à deux et trois étages ; de superbes boulevards, bien dessinés, plantés d'arbres déjà grands, offrent le soir aux promeneurs une fraîcheur que nous trouvons d'autant plus séduisante qu'elle nous est interdite.

Du bateau, nous pouvons aussi observer d'assez près, la population annamite, pour pouvoir essayer de décrire les gens avec lesquels nous allons vivre pendant deux ans. Les Annamites sont en général peu commerçants ; cependant, dans les lieux avoisinant les établissements français, ils se livrent au trafic avec une grande activité. Comme ils sont très avares, l'espoir d'un gain facile est pour eux un stimulant énergique. Ce sont surtout les femmes qui s'y adonnent avec ardeur. Mais elles sont d'ordinaire malpropres, et ne nous inspirent, tout d'abord, qu'un vif sentiment de répulsion.

Leur vêtement consiste en un ample et large pantalon descendant à mi-jambe, et retenu à la taille par un morceau de corde ou de chiffon quelconque, puis en une espèce de jupe, de peignoir plutôt, tombant jusqu'aux talons et ne recouvrant que la partie postérieure du corps. A la taille se détachent deux bandes de la même étoffe, qu'elles nouent ensemble à la ceinture. La poitrine est recouverte d'un autre tissu plus ou moins fin, de dentelle chez les personnes aisées, qui se lie derrière le cou et à la ceinture. C'est ce qui leur sert de corset.

Pour la coiffure, les cheveux, ramassés à l'arrière de la tête, sont enroulés dans une espèce de foulard de soie dont la couleur varie selon les circonstances et la position sociale des personnes ; pour le deuil, c'est non pas le noir comme en France, mais le blanc qui est en usage.

La physionomie des hommes ne diffère guère de celle des femmes, car ils n'ont que très peu de barbe ; quelques poils à l'extrémité du menton.

Comme vêtements, ils portent un pantalon semblable à celui de la femme, un veston ou plutôt une sorte de blouse très ample, se boutonnant sur le côté gauche par de petits boutons de cuivre. Autour de la taille, ils ceignent une grande bande d'étoffe à laquelle ils appendent ce dont ils ont le plus souvent besoin, clefs, paniers, etc. Enfin, comme les femmes encore, ils portent leurs cheveux longs, et tout à faits à la manière de nos Bordelaises ; ramassés en arrière de la tête, ils y forment un véritable chignon, maintenu par un peigne en bois, et couvert d'un large turban qui diffère selon les diverses classes de la population ; les pauvres le portent gris, noir ou marron ; les riches l'ont en belle soie de couleur vert sombre. Ce turban s'enroule simplement autour de la tête, sauf les gens au service d'un maître, qui doivent le

Haïphong.

porter de manière que les deux extrémités retombent de chaque côté de la tête.

Ainsi, d'après le port du costume, on peut facilement reconnaître la position sociale d'un Annamite.

La description des chaussures sera vite faite : hommes et femmes marchent nu-pieds, à l'exception cependant des notables qui portent des sandales, consistant en une simple semelle maintenue au pied par des ficelles ; les plus riches en ont qui recouvrent une partie du pied.

Pour aller au soleil, les deux sexes se coiffent d'un large chapeau fait avec les feuilles d'une plante analogue au palmier, reliées entre elles par de minces filets de bambous.

Ce chapeau mesure en général cinquante centimètres de diamètre, et a la forme d'un énorme champignon; il garantit donc des ardeurs du soleil et, le cas échéant, fait également l'office de parapluie; pas de couvre-chef plus pratique, on le voit.

Nous avons parlé du costume des adultes, gens du peuple. Celui des enfants est beaucoup plus simple : jusqu'à l'âge de cinq ou six ans, ils vont complètement nus ou à peu près, les garçons du moins.

Il nous faut encore décrire les habitations, les mœurs annamites; nous le ferons plus tard. Pour le moment continuons notre voyage.

## D'Haïphong à Phu-Lang-Thuong.

Après une nuit passée en rade d'Haïphong, on nous avertit au matin que le débarquement va avoir lieu incessamment.

*Bac-Ninh*, où nous nous rendons, étant situé tout près de *Dap-Cau*, station desservie par des navires de plus faible tonnage, nous devons donc rembarquer, à nouveau, dans de coquets bâtiments à l'aspect de jolis

7

yachts de plaisance et appartenant à la compagnie de navigation des Messageries fluviales.

Dès sept heures, quelques-uns des bateaux de cette Compagnie sont là, sous pression. Nous quittons le *Comorin,* non sans un soupir de soulagement et nous nous installons derechef. Bientôt après nous sommes en marche. A bord de ces légers bâtiments, nous nous attendons presque à un voyage d'agrément.

Illusion vite dissipée! Nos chaloupes, mal dirigées, ont de la peine à passer librement à travers les bancs de sable qui encombrent le cours inférieur du fleuve Rouge. A un moment donné, ce qu'on redoute se produit : nous sommes ensablés.

Pendant plus de trois heures il nous faut rester là, immobiles, sous un ardent soleil qui nous brûle littéralement. C'est que, depuis notre entrée dans l'océan Indien, nous sommes dans la la zone torride, la partie la plus chaude du globe, celle où le soleil darde ses rayons presque perpendiculairement. Et comme nous approchons du mois d'avril, le soleil, à cette époque et à cette latitude, est déjà brûlant.

Enfin la marée haute s'étant fait sentir jusqu'à nous, les chaloupes peuvent être dégagées et continuent leur route. Quelques heures après nous sommes en vue du poste militaire des Sept-Pagodes, ainsi nommé parce qu'avant notre occcupation il y avait à cet endroit sept magnifiques pagodes détruites depuis lors par nos armes.

A six heures du soir, nous arrivons au pied du poste; comme c'est un point de bifurcation et, que nos cha-

loupes doivent prendre à gauche, tandis que nous allons
à droite, il nous faut débarquer. Nous montons au poste
avec l'espérance d'y être reçus avec affabilité et empressement. Il n'en est pas tout à fait ainsi; on ne nous
attend pas, rien n'est preparé pour nous recevoir. C'est
tant bien que mal, et plutôt mal que bien, que nous
passons la nuit, le ventre creux ou à peu près.

Nous devons passer la journée suivante au poste;
aussi, dès le matin, comme nous avons les dents longues,
on se répand aux environs pour acheter quelques victuailles. On revient avec des poulets qui, avec les vivres
des camarades du poste mises en commun, nous pro-
cureront tout à l'heure un bon déjeuner; car, au Tonkin,
l'État fournit au soldat pain, viande, 43 centilitres de vin,
café, tafia, thé, sel et sucre; avec cela l'indemnité journalière allouée aux sous-officiers étant de 2 fr. 40, on
peut se permettre, de temps en temps, quelque petit
*extra*.

Vers les cinq heures, on nous avertit que nous ayons
à nous préparer, l'embarquement devant avoir lieu avant
la nuit. Chacun dispose son sac et l'on se met à descendre vers l'embarcadère. Mais c'est à croire que nous
marchons de déception en déception. A la nuit close,
à huit heures du soir, pas la moindre chaloupe n'était
signalée. A dix heures, rien encore. Alors, on s'arrange
pour passer la nuit à la belle étoile. On se fait un lit
avec des planches de l'appontement en guise de matelas,
le sac en guise d'oreiller; des couvertures, n'en parlons
point.

Après s'être ainsi équipés, et avoir beaucoup maugréé contre la malchance, on finit tout de même par s'endormir.

A ce moment de l'année, si les journées sont déjà très chaudes, il n'en est pas de même des nuits. C'est, au contraire, à cette époque que se montrent les brouillards les plus intenses. A coucher ainsi dehors, sans tente ni couvertures, dans un climat si différent de celui de notre France, il n'y a pas lieu de s'étonner que tant de jeunes soldats soient emportés par la dysenterie.

Des nuits comme celle que nous avons passée là, nous vous souhaitons, chers petits lecteurs, de n'en jamais connaître de semblables.

Heureusement que les mauvais instants passent aussi vite que les bons, quoi qu'il puisse en paraître ! Ce n'est que vers huit heures, au matin, que les chaloupes font leur apparition. Nous vous laissons à penser avec quels « Ah ! » elles sont accueillies. Nous ne sommes pas longs à y prendre place et nous voilà de nouveau en route vers Dap-Cau. Bientôt un frugal déjeuner a le don de nous rendre plus sensibles aux beautés du paysage qui semble fuir derrière nous.

Les embarcations glissent, légères, sur une onde limpide, ombragée sur chaque rive par des forêts de bambous qui nous procurent une délicieuse fraîcheur.

De temps en temps nous apercevons des villages comme perdus dans ces bois ; des enfants viennent curieusement nous voir passer. A certains endroits quelques plantations de muriers bien cultivées. Mais quelle

différence avec ceux de la vallée du Rhône ! Ici ce sont,
non plus de beaux arbres, mais des arbustes de un mètre
à un mètre cinquante de hauteur, sans tronc, car les
branches, très feuillues, par exemple, s'écartent dès
qu'elles sortent de terre.

Des aigrettes toutes blanches, des nuées d'oiseaux au
plumage varié fuient devant nous en poussant des cris.
On ne peut rêver voyage d'agrément plus charmant, plus
pittoresque.

Aussi, est-ce après un laps de temps qui ne nous a
pas paru long, que nous découvrons les maisons de Dap-
Cau. Vers quatre heures du soir nous débarquons.

Une foule d'indigènes, des enfants pour la plupart,
s'arrachent nos bagages à grands cris et même à coups de
poing, les seuls de leurs arguments que nous comprenions.

La distance qui sépare Dap-Cau de Bac-Ninh où se
trouve le dépôt du 3e régiment de tirailleurs tonkinois
est d'environ cinq kilomètres, distance facile à franchir,
grâce à la belle et bonne route construite par nos troupes.

Avec l'aide des Annamites, qui portent nos bagages,
nous sommes bientôt à mi-chemin et nous apercevons
déjà la citadelle, magnifique ouvrage chinois, qui, lors de
la conquête, fut vaillamment emportée par les nôtres,
sous la conduite d'un jeune sous-lieutenant intrépide,
Macquart.

Cette citadelle, comme la plupart de celles que l'on
rencontre au Tonkin, est de forme carrée; les murs en
brique, hauts de trois à quatre mètres, présentent chacun
une porte qu'on n'atteint qu'après avoir franchi un fossé

rempli d'eau, d'environ cinq mètres de largeur et d'autant de profondeur.

A l'intérieur, près de l'entrée principale, se trouve un *mirador*, tour carrée garnie de créneaux et servant de réduit pour une défense désespérée. En haut, où se tient constamment une sentinelle qui surveille les environs, flottent glorieusement les trois couleurs françaises.

Au bout d'une heure de marche, nous sommes arrivés et rangés dans la cour de la caserne, où le colonel ne tarde pas à nous rejoindre. Son accueil n'est pas précisément flatteur; il s'attendait à recevoir un assez grand nombre de sous-officiers rengagés, déjà habitués au séjour des colonies, et, sur quarante qui lui arrivent là, il n'y en a que quatre. De là, sans doute, sa mauvaise impression, que nous avons le regret de constater. Chacun se promet bien, néanmoins, de faire son devoir et de ne le céder en rien en courage à ses devanciers et aînés. Un peu d'encouragement, quelques bonnes paroles nous auraient transportés.

Nous restons à Bac-Ninh pendant cinq jours au bout desquels chacun est dirigé sur sa station définitive. On se dit un cordial adieu, en se souhaitant réciproquement bonne santé, bonne chance, et surtout de pouvoir rentrer, notre temps accompli, dans notre belle et chère France.

Avec un autre de mes collègues et quelques soldats, je suis désigné pour Phu-Lang-Thuong. Tout d'abord, il nous faut revenir à Dap-Cau, pour traverser le fleuve par lequel nous sommes arrivés, opération qui s'accomplit sur un mauvais bac qui risque plusieurs fois de nous faire prendre un bain. A la nuit tombante, nous trouvons une pagode abandonnée où nous nous refugions, et, après un frugal repas, arrosé avec une boisson composée d'une eau jaunâtre et d'un peu de vin, nous parvenons à nous endormir.

A quatre heures du matin, nous partons de nouveau, n'ayant plus qu'environ dix-huit kilomètres à parcourir. Tout d'abord, notre marche est pénible; il ne fait pas encore jour; tantôt on met le pied dans des flaques d'eau, tantôt on enfonce dans la boue jusqu'à mi-jambe, car nous ne suivons pas un chemin empierré, mais un chemin de terre, détrempé par des pluies récentes. Vers cinq heures, le jour paraît; c'est pour nous un grand soulagement.

Nous traversons bon nombre de villages, tous entourés de haies de bambous épineux, servant de mur d'enceinte pour tenir les pirates et les bêtes fauves à distance.

Ces haies ne sont interrompues qu'aux deux extrémités, par deux portes interdisant l'accès du village pendant la nuit. Oh! ce ne sont pas des chefs-d'œuvre de menuiserie, encore moins de solides portes monumentales; figurez-vous tout simplement deux énormes pieux, garnis de mortaises, dans lesquelles on introduit horizontalement de grosses traverses de bois. Presque tous les villages du Tonkin sont ainsi défendus.

Le soleil achève de paraître à l'horizon, et un peu plus tard, nous sommes accablés de sa chaleur, si ardente alors, que la verdure disparaît, que les feuilles se replient sur elles-mêmes, que les oiseaux cessent de chanter et se cachent au plus épais des fourrés.

La réfraction des rayons solaires sur l'eau des rizières environnantes fatigue beaucoup les yeux, et nous ne pouvons les ouvrir que faiblement.

Vous concevez sans peine, que des jeunes gens non encore habitués au climat, soient bientôt pris d'une soif intolérable. Et que boire? Il n'y a à choisir : qu'entre le vin surchauffé du bidon ou l'eau malpropre et chaude aussi des rizières. L'un et l'autre de ces breuvages n'apaisent la soif que pour une quinzaine de minutes, après quoi il faut recommencer. Voilà d'où provient en grande partie la dysenterie qui fait tant de ravages parmi les jeunes troupes européennes.

Il y a bien un autre cordial plus hygiénique et plus rafraîchissant : c'est le thé, la boisson habituelle des peuples de l'extrême Orient. Mais les nouveaux venus le trouvent fort amer, et ne l'absorbent que très difficilement. On s'y habitue très vite, il est vrai ; en attendant, néanmoins, le plus sage est d'essayer de résister à la soif et de boire le moins possible.

Il est à peu près neuf heures, quand nous apercevons au loin le drapeau tricolore flottant sur un des blockaus de Phu-Lang-Thuong. On touche donc enfin au terme de ce long voyage ! On va pouvoir prendre un peu de repos ! D'un pas moins pesant nous gagnons les portes de la ville, où nous sommes reçus mieux qu'à Bac-Ninh, très cordialement, très amicalement même, par tous les officiers et sous-officiers nos aînés.

Le texte de nos premiers entretiens, vous le devinez
sans peine : les uns demandent des nouvelles de France,
s'informent des camarades restés là-bas au régiment,
veulent savoir dans quelle colonie tel ou tel a été envoyé ;
les autres, les nouveaux arrivants, questionnent au sujet
du train de vie que l'on mène au Tonkin ; le service est-
il dur, les alertes sont-elles fréquentes ? Et autres dits
et redits, sur lesquels il n'est pas besoin d'insister.

## A Phu-Lang-Thuong.

### Mœurs et caractères des Annamites.

Phu-Lang-Thuong, l'un des principaux centres com-
merciaux du Tonkin, est bâtie sur la rive gauche du
Song-Thuong, affluent du fleuve Rouge, et présente en ce
moment une certaine animation due, en grande partie, à
la construction du chemin de fer qui doit relier cette ville
à Lang-Son, autre centre important, Phu-Lang-Thuong
étant déjà relié à Haïphong par un service régulier
de chaloupes, on voit que lorsque le chemin de fer sera
mis en exploitation, cette ville sera appelée à une certaine
prospérité.

Dans le bas Tonkin, les habitations sont bien différentes de celles des régions hautes où nous pénétrerons
plus tard. Ce sont de simples cases en paille de riz,
assez vastes cependant pour abriter à la fois les gens et
leurs animaux domestiques : porcs, bœufs, buffles y ont

**8**

un libre accès. Elles n'ont pas de cheminée; le feu se fait tout simplement au milieu, et la fumée remplissant toute la pièce, ne sort que lentement par la porte. Jugez si ceux qui y demeurent doivent être à leur aise! Passe encore pour le porc, qui est ainsi préparé à l'avance à fournir d'excellents jambons fumés.

Indépendamment de l'odeur âcre de cette fumée, on respire dans ces intérieurs d'autres émanations plus nauséabondes encore provenant de la malpropreté excessive de ces logis primitifs.

Comme couche, l'Annamite n'a qu'une espèce de lit de camp fait de bambous et sur lequel, en guise de sommier ou de matelas, il jette une natte de jonc. Et ce lit a un autre usage que vous ne devineriez jamais : il sert de table !

Oui, la table, objet de première nécessité chez nous, n'est pas ici un meuble spécial! Pour le repas, on enlève la natte sur laquelle s'étendent les dormeurs et voilà la transformation opérée. Il n'y a plus qu'à servir. Et les mets sortant de la cuisine régionale n'auraient rien pour vous de fort appétissant : presque toujours du riz, céréale d'un extrême bon marché dans ces contrées qui en produisent tant, quelques morceaux de porc ou de poisson, quelquefois du poulet, voilà presque invariablement le menu.

Pour fourchette on se sert de petites baguettes de bois que l'indigène manie très habilement et avec lesquelles il prend les petits morceaux de viande, qu'il trempe, avant de les manger, dans une espèce de saumure faite de poisson fermenté, du *nuoc-man*, comme il dit, et qu'il trouve excellente. Affaire de goût n'est-ce pas?

La boisson est une infusion de thé vert; bien que très amère, on la boit sans sucre.

Le théier ici est un petit arbrisseau de quatre ou cinq pieds de hauteur, qui pousse en grande quantité dans les contrées du sud et de l'est de l'Asie; il diffère un peu selon les latitudes où il croît; le thé annamite a de très grandes feuilles, de forme ovale et d'une saveur très amère, tandis que le thé chinois, le plus estimé de tous, a les feuilles plus petites, est moins amer et a beaucoup plus de parfum. Néanmoins, la plus grande différence dans la qualité provient surtout de la nature du sol, de l'exposition des plantations, et de la préparation des feuilles.

Ce n'est guère qu'au bout de trois ou quatre années que l'on commence à récolter. Les cueillettes ont lieu deux fois par an, au printemps et à l'automne; celle de printemps donnent un thé beaucoup plus estimé. Quand les feuilles ont été récoltées et triées, on les plonge dans l'eau bouillante pendant une demi-minute, puis on les étire et on les met sur des plaques de fer placées sur un foyer; on chauffe alors fortement, et les feuilles sont remuées vivement; peu à peu elles se roulent. La manipulation est finie; on met alors le thé en caisse avec des soins minutieux. Lorsqu'on fait une infusion, les feuilles se déroulent et reviennent presque à leur état naturel.

C'est la Chine qui fait le commerce du thé sur la plus grande échelle. Elle en exporte plus de trente millions de kilogrammes par an.

Le produit revient en France à quatre ou cinq francs le demi-kilogramme pour les qualités ordinaires ; quant aux qualités extra elles valent jusqu'à dix et douze francs.

La marque « Souchong » (Chine) est une des plus estimées.

Nous avons décrit le costume des gens du peuple et leur intérieur ; est-il besoin d'ajouter que les riches ont beaucoup plus de confortable, possèdent des ameublements somptueux, des habitations magnifiques, et se parent de vêtements tissés de la plus belle soie ? Il en a été ainsi en tous temps et en tous pays. Mais ce qui nous intéresse ici, avant tout, c'est la classe des humbles et des besoigneux, celle qui peine sans cesse pour arriver à vivre, tant bien que mal, le peuple, enfin. Essayons d'esquisser maintenant son caractère.

L'Annamite est avant tout un insouciant ; il travaille le moins qu'il peut, et vit à peu près au jour le jour. Il n'est scrupuleux, ni sur le respect du bien d'autrui, ni sur la manière de gagner son salaire. Cela explique en partie la quantité considérable de bandes pillardes qui existent au Tonkin, malgré l'acharnement que nous mettons à les poursuivre et à les détruire. Les pirates, en effet, ne font pas une guerre d'indépendance, ils ne visent qu'à la déprédation et au vol, ainsi que nous aurons mainte occasion de le constater.

Quant aux ouvriers que l'on embauche pour différents travaux, ils en font le moins qu'ils peuvent ; c'est un fait que, nous avons remarqué bien des fois, particulièrement sur les chantiers du chemin de fer. Malgré une rétribution journalière d'une vingtaine de sous (salaire élevé pour le pays, eu égard au bon marché exceptionnel de la vie), dès que le surveillant a tourné le dos, hommes et femmes posent les outils et se mettent, qui à fumer, qui à boire, de sorte que si l'on n'était pas tou-

Habitation sur pilotis.

jours là, il n'y aurait rien de fait. Et quand le *tam-tam* annonce la fin du travail, quelle joie, quelle exubérante gaieté ! Personne ne resterait une minute de plus ; les femmes qui portent le panier plein de terre le laissent tomber là où elles se trouvent pour s'enfuir plus vite ; les hommes qui roulent la brouette l'abandonnent à mi-chemin de l'endroit où ils doivent la mener. Par contre, si tout ce monde quitte si hâtivement la besogne, il n'en est pas de même quand il faut la reprendre. Jamais on ne voit personne en avance ; chacun n'arrive qu'à la dernière minute. L'instruction est à peu près nulle, chez toute la classe travailleuse ; il n'existe au Tonkin que très peu de lettrés, appartenant tous à la classe aisée.

A ce propos, disons que pour écrire on se sert de petits pinceaux que l'on trempe dans des godets contenant de l'encre de Chine, et avec lesquels on trace sur le papier des lettres très compliquées ; chacune d'elles re-représente un mot, quelquefois même une phrase entière ; enfin au lieu d'écrire, comme nous, de gauche à droite, on écrit, ici, de haut en bas.

Tout ce que nous venons de dire n'est pas à la louange des Annamites, et cependant nous n'avons pas encore mis le doigt sur tous leurs défauts. Ce qui n'empêche pas ce peuple, d'avoir, lui aussi, ses qualités, auxquelles nous reviendrons.

Pour le moment, afin de diversifier un peu, laissons de côté l'élément civil, et faisons connaissance avec les différentes troupes chargées d'achever la pacification du Tonkin.

### Troupes indigènes : Tirailleurs tonkinois, Miliciens.

Outre l'infanterie de marine et la légion étrangère que nous connaissons déjà, il y a au Tonkin d'autres corps recrutés parmi les indigènes: ce sont les *tirailleurs tonki-*

*nois* et les *miliciens*. Les tirailleurs tonkinois sont commandés par des officiers français et par quelques sous-officiers également français, huit ordinairement, ce qui n'est pas suffisant pour maintenir parmi eux une bonne discipline, sans compter qu'on est souvent obligé de faire marcher des tirailleurs avec des sergents d'une autre troupe qui ne sont pas craints comme il le faudrait.

Le recrutement de ces tirailleurs étant très difficile, l'administration annamite, pour les retenir au service, est contrainte de leur accorder de grands avantages et de leur garantir divers privilèges peu compatibles avec le train de la vie militaire. Ainsi, ces soldats ont leur maison, leur famille, qu'ils se hâtent de rejoindre dès qu'ils ne sont plus astreints à quelque service. On conçoit aisément qu'en rentrant ils ne se plient qu'avec regret à la discipline. On leur donne de plus une rétribution presque exagérée qui leur permet de vivre dans l'aisance. Celui qui parvient au grade de sous-officier, a une solde double de celle du sous-officier français, d'où il résulte qu'il se croit supérieur ou au moins égal, à celui-ci ce qui ne peut pas être, puisque le Français seul est responsable.

Leur costume, le voici : une culotte fort courte, un vêtement en drap bleu sombre ou en toile noire, selon la grande tenue ou la tenue de corvée, sorte de veston se boutonnant du haut en bas avec de tout petits boutons de cuivre; pour coiffure, le *salako*, chapeau circulaire, entièrement plat, d'un diamètre d'environ vingt-cinq centimètres ; pour chaussures, des sandales, simples semelles en peau de buffle auxquelles est adaptée une lanière destinée à les fixer; encore, le plus souvent, dédaignent-ils ces sandales, et préfèrent-ils marcher nu-pieds.

C'est dans un de ces régiments, le 3e, que se trouve versé votre cicérone. Pensez si tout d'abord il est gêné devant ces soldats, dont il ne connaît ni le langage ni les mœurs. Mais peu à peu il apprend quelques mots, et au bout de peu de temps, il est en état de se faire comprendre; mieux que cela, il se fait aimer, car l'Annamite est tout de suite reconnaissant au Français qui s'efforce d'apprendre sa langue.

Les miliciens sont recrutés à peu près de la même façon que les tirailleurs tonkinois. Les mêmes règléments les régissent. Leur costume est le même aussi, à l'exception des passe-poils ou bordures qui, au lieu d'être rouges, sont bleus.

Pas de discipline non plus dans cette troupe, moins encore que chez les tirailleurs. Elle est conduite par des gardes principaux de 1re, 2e et 3e classe, recrutés un peu partout. C'est surtout par là que pèche l'organisation. Depuis quelques années cependant, il y a une amélioration constante, en ce sens que les gardes sont de plus en plus d'anciens sous-officiers; seulement ils ne sont pas assez nombreux; un seul est chargé d'une cinquantaine d'hommes, ce qui est plus de deux fois trop, pour une bonne discipline. Puis, en cas d'attaque, si le garde vient à succomber, il s'ensuit bientôt une débandade générale.

## La Cadouille.

Les Annamites, avons-nous dit, étant passablement insouciants et fort enclins à la paresse, il en résulte que si on les emprisonne pour une faute quelconque, ils n'en sont pas autrement fâchés ; cette « mise à l'ombre », leur procure, au contraire, l'occasion d'un doux *farniente*. Aussi, plusieurs fois, ai-je entendu tel tirailleur menacé d'être enfermé ronchonner en sa langue : « Moi, m'en f...iche, moi content, moi ne rien faire ».

Ce qui le *touche* vivement, c'est la menace de la *cadouille*, peine corporelle, appliquée surtout dans le civil par les chefs de village ou les mandarins, et quelquefois aussi aux soldats indigènes pour manquements graves, tels que vol, sommeil en faction, etc., bien que les règlements militaires l'interdisent absolument.

La cadouille est une tige de rotin très flexible avec laquelle on cingle le coupable. Lorsque cette peine est prononcée par un mandarin, elle s'applique avec plus de solennité. Le patient, entièrement nu est alors couché sur le ventre, les bras étendus et liés à un piquet planté dans le sol; les jambes sont attachées de même. L'exécuteur s'approche et, avec des mouvements rythmés, pleins de grâce, comme s'il s'agissait d'un exercice de gymnastique ou d'escrime, il assène un coup sec sur la partie la plus charnue du corps du délinquant. Tout d'abord, de grandes raies rouges se marquent sur la peau, et bientôt le sang jaillit ; l'exécuteur, sans s'émouvoir des hurlements du pauvre diable, se fend en arrière pour mieux frapper, puis se relève vivement, en comptant à haute voix les coups qu'il donne.

Le chiffre fixé une fois atteint, le patient est détaché, et, tout sanguinolent et en sueur, les cheveux défaits, il va se prosterner trois fois devant son juge.

Une telle punition, ne serait pas sans danger, si on allait au-delà de cinquante coups, nombre qui ne se dépasse jamais.

Quand, malgré les règlements, on l'applique à un soldat qui a commis une faute grave, on se contente de le faire cingler par ses camarades une vingtaine de fois, ce qui est déjà fort... salutaire, n'est-ce pas ?

### Première Expédition.

Phu-Lang-Thuong, bien protégé par de nombreux postes, ne craint pas les attaques des bandes de pirates qui désolent cette région. C'est donc aux environs qu'il nous faut aller les traquer.

Comme il arrive à tous les jeunes hommes épris un peu d'aventures, il nous tarde à nous, nouveaux venus, de savoir quelle émotion s'empare d'un soldat quand la poudre commence à chanter et que les fusils meurtriers se braquent sur lui.

Dans la petite guerre, dans les manœuvres, on sent

qu'il n'y a nul danger à craindre, et l'on peut paraître brave à bon marché. On ne sait réellement ce qu'est la guerre qu'en y prenant part, et nous souhaitons d'en avoir l'occasion.

Elle ne tarde pas à se présenter.

Le 25 mai, vers quatre heures de l'après-midi, nous sommes prévenus, par le commandant de la place, que notre compagnie doit aller le soir même en reconnaissance, à la rencontre d'une bande de pirates signalée à quelques kilomètres de Phu-Lang-Thuong (à un lieu dit montagne des quatre-vingt-dix-neuf sommets). En moins d'une demi-heure, nous sommes prêts à partir, renforcés par cinquante hommes de l'infanterie de marine.

Il est près de six heures, lorsque nous traversons le Song-Thuong. Une fois sur l'autre rive, le capitaine organise la marche. Nous coucherons à trois ou quatre kilomètres de là ; puis, le lendemain, de grand matin, nous pousserons plus avant, afin de prendre contact avec les pirates.

Mais notre plan est déçu : quelques-uns des villages tonkinois sont encore moitié soumis et moitié rebelles ; celui où nous devons coucher est de ceux-là ; à notre approche, les habitants s'enfuient après avoir fermé les portes. Dans la plaine, personne pour nous renseigner, et la nuit est venue. Enfin, après une demi-heure de recherches, l'avant-garde trouve une pagode abandonnée, mais close d'une forte enceinte de bambous qu'il nous reste à franchir.

Les tirailleurs, munis de leur *coupe-coupe*, sorte de

long et fort couteau qu'ils ne quittent jamais, entament
la palissade, et au bout de quelque temps nous sommes
à l'intérieur.

Organiser le service de sûreté est le premier soin. Le
capitaine, par excès de prudence, ne veut pas se fier aux
soldats, et c'est à nous, sous-officiers qu'il confie la mission de monter la garde.

Après avoir mangé dans une espèce de grange, atte-
nant à la pagode, et où se trouvait une grande quantité
de riz non décortiqué, l'idée nous vient de visiter l'intérieur du temple. Nous forçons une porte et y pénétrons.

Bien que nous ayons déjà vu, à Saïgon, plusieurs de
ces sanctuaires, nous trouvons celui-ci curieux et impo-
sant. C'est toujours, au fond, l'énorme Bouddha, tenant à
la main une lance, signe du commandement; devant lui,
dans divers vases, de petits bambous imprégnés d'un
mélange de résine et de parfums, se consument lentement, sans flamber, et embaument l'atmosphère (ce qui
nous prouve que la pagode n'est pas aussi abandonnée
que nous l'avions cru tout d'abord); toujours aussi les
tables chargées d'offrandes contenues dans des vases
d'une grande richesse. Mais ce qui nous frappe ici, outre
une quantité de statues représentant sans doute les
dieux inférieurs, ce sont les images des fondateurs des
autres religions, Mahomet, Jésus-Christ sur sa croix, le
côté saignant, tous dans une attitude humble ou ridicule,
visant probablement à montrer la supériorité de l'énorme
Bouddha. Après cette visite, chacun s'en va dormir en
attendant son tour de garde.

Éclaireurs dans les bambous.

La nuit se passe sans incident, et à quatre heures du matin, nous nous remettons en marche. La route, ou mieux, le sentier, est très difficile, car c'est sur les talus des rizières, c'est-à-dire avec de l'eau de chaque côté, qu'il nous faut cheminer. Un faux pas, et l'on tombe dans l'eau ou dans la boue jusqu'aux genoux. Vous jugerez du reste des difficultés d'une pareille marche, quand, à notre retour à Phu-Lang-Thuong, nous consacrerons un chapitre spécial à vous décrire la culture du riz.

Vers huit heures, nous apercevons quelques misérables indigènes qui se sauvent à toutes jambes. Tout d'abord nous croyons à la présence de l'ennemi dans ces parages, et nous prenons toutes les précautions nécessaires pour une vigoureuse attaque. Bientôt nous reconnaissons notre erreur, et nous continuons d'avancer en traversant plusieurs villages que notre approche a rendus déserts. Mais la marche devient de plus en plus pénible, à mesure que le soleil monte à l'horizon; la soif aussi devient intolérable. Vers midi, plusieurs soldats de l'infanterie de marine tombent épuisés. Le capitaine décide alors que l'on s'arrêtera au premier lieu ombragé.

Nous le trouvons au bout d'un quart d'heure. C'est avec un véritable soulagement que nous faisons halte dans une forêt de bambous au bord d'un coude du Song-Thuong. A ce moment, nous apercevons au loin une troupe en armes. Impossible de distinguer les uniformes, sont-ce les pirates que nous cherchons. L'occurrence serait mal venue pour combattre; plusieurs de nos hommes sont malades et tous, exténués, aspirent au repos. Néanmoins nous prenons nos dispositions, nous nous mettons sur nos gardes et nous attendons venir.

Notre crainte est vite dissipée : au bout de quelque temps, nous voyons venir à nous, se détachant du groupe lointain, un officier qui galope de toute la vitesse de son cheval. A son arrivée, il explique à notre capitaine, que sa compagnie vient des Sept-Pagodes pour opérer sa jonction avec nous, et prendre l'ennemi entre deux feux. Seulement, pour la réussite du plan, il eût fallu qu'on trouvât les pirates, et ils s'obstinaient à rester invisibles.

Bientôt la nouvelle troupe nous rejoint ; elle est, elle aussi, brisée de fatigue.

Comme on n'a plus rien à manger, je suis désigné pour aller, avec quelques hommes, au plus proche village afin de nous procurer quelques vivres.

Le Li-thuong (maire), à qui je m'adresse, répond qu'il n'y a rien à vendre. On pénètre dans sa case, on saisit un porc qui s'y trouve; puis, une piastre dans une main, le revolver dans l'autre, je lui offre le choix. Il n'hésite pas un seul instant; tout en maugréant il choisit la piastre. Ma façon d'agir n'était peut-être pas des plus louables; mais la nécessité était impérieuse, et il y fallait satisfaire. Aussi notre retour est-il accueilli avec joie de tous ceux qui nous attendent au bivouac. Le porc ne souffre pas longtemps ; en un instant il est tué, dépecé et les morceaux grillent devant un bon feu. On fait un substantiel repas, et après une sieste de deux ou trois heures, on se dispose à quitter le bon gîte.

La troupe qui devait regagner les Sept-Pagodes part la

première ; un moment après, nous sommes en route à notre tour. Un collègue, un sergent, qui s'était trouvé mal dans la matinée, allait mieux ; mais au bout d'une heure de marche la fièvre le reprend de plus belle. Au premier village, on réquisitionne deux coolies et un hamac afin de le porter, et tandis que le gros de la compagnie se hâte, avec quelques soldats on me confie la garde du malade. Très heureusement, nous arrivons à Phu-Lang-Thuong, deux heures seulement après les autres.

Ainsi se résume cette première sortie : pirates introuvables et troupiers harassés.

Il devait en être souvent ainsi, et notamment le 14 juin.

### Deuxième Expédition.

Ce jour-là, à neuf heures du soir, la place est prévenue qu'une bande de pirates est cernée par un détachement de miliciens aux environs de Tam-Ra, à une vingtaine de kilomètres de Phu-Lang-Thuong. Le chef du détachement, ne se trouvant pas en force pour attaquer, réclamait notre secours. Ordre est donné à notre compagnie ainsi qu'à une compagnie d'infanterie de marine, de marcher sur Tam-Ra. Nous quittons nos casernements à dix heures du soir, c'est-à-dire à la nuit complète. Comme dans la précédente expédition, notre marche est très pénible ; mais la conviction que nous allons surprendre l'ennemi, nous donne le courage de braver allègrement toutes les difficultés.

Au point du jour nous n'étions plus qu'à quelques kilomètres de notre but. On s'arrête pour faire le café et on repart. Un coup de fusil, entendu dans la direction que nous suivons, accélère encore notre allure. Croyant couper au plus court, le commandant nous engage à faux par un sentier très difficile ; au bout d'une heure seulement, il s'aperçoit de l'erreur, et on revient en arrière.

Il est alors huit heures du matin ; on commence à traîner la jambe ; bientôt cependant nous apercevons le village, but de notre reconnaissance, et, sur un petit mamelon qui le domine, un homme ayant l'air de faire sentinelle. Cette vue nous rend une nouvelle énergie.

Mais voici qu'à notre approche l'indigène en question se hâte de déguerpir, et, arrivés au village, nous apprenons que les miliciens, avertis pourtant de notre mise en route, n'ont pu tenir l'ennemi en respect et l'ont laissé échapper.

Résultat : douze heures de marche forcée, dont la moitié par la nuit noire, et par des chemins impossibles, pour trouver buisson creux et n'avoir qu'à battre en retraite.

C'est ce que nous faisons après un repos de deux heures, bien gagné. La chaleur est accablante et la soif nous fait cruellement souffrir. Par bonheur, nous découvrons sur la pente des collines, de beaux ananas qui nous rafraîchissent. Ces fruits se mangent d'ordinaire découpés par tranches et marinés dans du cognac ou du kirsch, mais soyez assurés que, même sans cet apprêt, il nous paraissent des plus délicieux.

C'est dans la soirée de ce jour-là que je ressens, les premiers effets de la terrible fièvre qui éprouve si fort les Européens dans ce pays, et qui, après avoir débuté par une lassitude générale, aboutit à des vomissements intermittents dont on reste épuisé longtemps.

Plusieurs soldats en sont atteints, et il faut les ramener sur des brancards que portent des coolies réquisitionnés dans les villages du parcours.

Enfin on arrive au quartier vers huit heures du soir, tout le monde est exténué. Quant à moi, grâce au repos que je prends, j'échappe provisoirement à ce mal que je dois ressentir plus tard dans toute son intensité.

Ces deux expéditions sont les seules auxquelles je participe dans la région de Phu-Lang-Thuong, car bientôt je suis envoyé sur les frontières chinoises du haut Tonkin.

## Le Riz.

Avant de pousser plus loin ce récit, parlons un peu de la culture du riz.

Cette plante ne croît que dans des terrains humides, presque constamment maintenus sous l'eau par une suite ininterrompue de talus. De temps à autre seulement, on ouvre ces talus pour permettre l'écoulement des eaux devenues fangeuses; après quoi on les referme, et les

premières pluies renouvellent l'élément aqueux indis-
pensable.

Quelques populations du Tonkin, ensemencent deux
fois par an, en mai et en août; mais la première culture,
celle de mai, est de beaucoup la plus importante, comme
qualité et comme quantité. On en fait la récolte au mois
de juillet.

La charrue dont se servent les indigènes est des plus
simple : elle consiste en un long et fort morceau de bois
auquel on attelle le bœuf; à l'autre extrémité est em-
manchée une autre pièce de bois formant un angle
de 45° environ. La partie supérieure de cette deuxième
pièce se termine en fourche, tandis que la partie inférieure est un morceau de fer en forme de fer de lance,
dont la plus grande largeur ne dépasse pas quinze centimètres.

Dès le matin, le laboureur, portant sa charrue sur le
le dos, et poussant devant lui un buffle énorme, se rend à
son champ. Là, dans l'eau jusqu'aux genoux, il retourne
la terre molle, ou plutôt la boue, avec son primitif engin,
en conduisant son buffle à l'aide d'une simple ficelle.
Cet animal, si docile avec les indigènes, devient furieux
à l'approche des Européens et principalement des soldats.
Aussi n'est-il point rare qu'au passage d'un détachement,
on le voie se sauver à travers champs entraînant la
charrue dans sa course furibonde, au grand désespoir du
pauvre *nha-ké* qui lève en criant les bras vers le ciel.
Et le fugitif ne s'arrête que lorsque la troupe qui l'a
effarouché est hors de sa vue.

Le riz, semé à la volée, comme nos paysans sèment le blé, poussera très épais sous forme de semis. Au bout d'un mois, il atteint dix à quinze centimètres. On l'arrache alors et on le transplante. Chaque pied comprend deux ou trois plants et est espacé à environ dix centimètres de ses voisins.

Il faut trente ou quarante jours avant que les épis ne se montrent; ils ressemblent assez à ceux du blé, bien que les grains en soient plus petits et moins serrés.

On le récolte par deux procédés différents : le premier, le plus employé, consiste à couper les tiges près du sol; ces tiges sont liées en gerbes que plus tard on égrainera en les frappant à coups redoublés contre les parois intérieures d'une grande auge de bois.

Le second procédé consiste à ne couper que les têtes des tiges, à environ dix centimètres de l'épi. On les ramasse en poignées que l'on battra au fléau au fur et à mesure des besoins.

Lorsqu'on a battu les gerbes, les grains de riz doivent être décortiqués c'est-à-dire débarrassés d'une écorce adhérente. Cette opération se fait de la manière suivante à l'aide d'un appareil d'une extrême simplicité.

Une large pierre circulaire, fixée au sol, porte à son milieu un petit cylindre plein, évidé en cône; un autre cylindre de pierre, de même largeur que la partie circulaire précédente, et percé d'un trou d'un diamètre sensiblement supérieur à celui de la base du cylindre conique, recouvre entièrement la partie fixe. Ils se trouve alors à la partie supérieure un évasement dans lequel on verse

Moulin à riz.

le riz. Puis, au moyen d'une manivelle articulée, qui s'adapte au cylindre enveloppant, on le fait tourner. Les grains descendent petit à petit, et par le frottement entre les parois verticales d'abord, entre les parois horizontales ensuite, l'écorce se fendille et finit par se détacher. Le tout tombe dans une calebasse placée pour le recevoir. Il ne reste plus qu'à séparer l'écorce du grain par un simple vannage.

Dans le haut Tonkin, pays plus accidenté, quand il y a près des villages un cours d'eau, on procéde d'une autre manière.

Au-dessous d'une brusque dépression du terrain un pieu planté dans le sol supporte une longue pièce de bois fixée de manière à pouvoir osciller et faire bascule. La partie inférieure est creusée en forme d'énorme cuiller ; l'extrémité opposée porte un caillou destiné à faire contrepoids, et dont la pesanteur est calculée pour maintenir la pièce de bois dans la position horizontale quand l'appareil ne fonctionne pas. Un pilon est fixé à trente ou quarante centimètres de cette pierre.

Du torrent voisin, on détourne un léger filet d'eau qui remplissant peu à peu la cuiller, en augmente le poids, la fait pencher en soulevant la partie opposée, puis, à un moment donné, l'eau se renversant, le contrepoids ramène vivement la pièce de bois dans sa position première, ce qui fait que le pilon frappe le riz contenu dans une auge placée en dessous. Sous ces coups répétés, les grains ne tardent pas à être décortiqués.

Quand il n'existe pas de cours d'eau dans les environs,

ce sont les femmes indigènes, qui, par un mouvement d'avant en arrière sur la pièce de bois, donnent à l'énorme pilon de pierre le mouvement d'oscillation nécessaire.

## De Phu-Lang-Thuong à Ha-Lang.

Par ordre du général en chef, notre compagnie doit quitter Phu-Lang-Thuong, pour se rendre dans la province de Cao-Bang, à l'extrémité septentrionale du Tonkin, sur la frontière de Chine.

C'est le 20 juillet que s'effectue notre départ. Nous déposons nos bagages au transit, car seuls, les officiers et les fonctionnaires ont droit aux coolies; sous-officiers et soldats n'y ont droit que pour le transport de leurs vivres.

Les premières étapes sont franchies allègrement, sans difficultés. Nous partons dès le matin, entre trois et quatre heures, afin d'arriver au gîte avant la grande chaleur qui, dans cette saison, est insupportable à partir de dix heures. Nous traversons Kep, au sortir duquel nous apercevons une grande pyramide triangulaire élevée à la mémoire de nos devanciers, morts en 1885, puis Bac-Lé, tristement célèbre par le guet-apens où tombèrent nos troupes qui allaient sans défiance, sur la foi d'un traité, prendre possession de Lang-Son.

Grâce à l'intrépidité des soldats et à la bravoure de leur chef le colonel Dugenne, un plus grand désastre put être évité.

A partir de Bac-Lé, nous traversons d'inextricables fouillis boisés. La flore en est des plus variées, elle présente les essences des pays tropicaux et celles des zones tempérées : le bois de fer, le teck, le chêne-liége, le banian, le bouleau, l'érable, les hauts bambous, le bananier, le latanier, etc. De ces arbres énormes pendent des lianes qui contribuent à former une voûte de verdure que les rayons du soleil, si puissants cependant, ont de la peine à percer ; des fougères arborescentes ont jusqu'à trois mètres de haut. C'est à travers ces fourrés impénétrables qu'il faut nous frayer un passage. Mais la fraîcheur et la nouveauté du paysage compensent largement les difficultés de la marche. Des milliers d'oiseaux aux couleurs variées fuient à notre approche : les paons, les colibris, de superbes perruches sont, avec beaucoup d'autres espèces, les habitants ailés de ces régions ; dans les parties les plus profondes, les plus sauvages, vaguent le tigre, la panthère, le jaguar. Aussi est-il défendu de s'isoler du gros de la colonne, sous peine de courir le risque de se voir enlevé par un de ces carnassiers qui, plus encore que les pirates, sont la terreur de ces contrées. Pour la même raison, les villages ici sont protégés, non plus par une, mais par deux palissades semblables à celles que nous avons vues dans le bas Tonkin, et distantes de quatre à cinq mètres l'une de l'autre.

Tous les postes militaires possèdent un *mirador*, sorte d'observatoire très élevé d'où l'on peut surveiller les environs et où se tient constamment une sentinelle. Mais comme l'Annamite s'endort facilement, surtout pendant

Un mirador.

la nuit, sa vigilance a besoin d'être stimulée ; à cet effet, un plateau de bambou d'environ vingt-cinq centimètres de diamètre est suspendu dans le mirador, et à chaque quart d'heure la sentinelle doit frapper dessus un ou plusieurs coups, selon sa consigne. Le commandant du poste est ainsi assuré que l'on fait bonne garde.

Près de Song-Hoa, un très beau pont de fer franchit le Song-Thuong. Plusieurs autres ponts, de moindres dimensions, sont également jetés sur quelques-uns de ses affluents. Ces œuvres d'art et de civilisation contrastent singulièrement avec la pauvreté du pays.

Nous arrivons à Lang-Son.

Lang-Son! encore un nom qui évoque un souvenir sanglant! que de braves petits Français y trouvèrent la mort dans une retraite restée si tristement célèbre! C'est avec Bac-Lé les deux seuls endroits où les Chinois, grâce à la conformation du sol, ont réussi à nous infliger des pertes sérieuses.

Cette bourgade ne compte pas encore beaucoup d'habitants : quelques Français, la plupart employés dans divers services administratifs, d'autres exerçant un commerce, y forment avec plusieurs centaines d'indigènes, la population civile. Mais quand les communications seront rendues plus faciles par construction du chemin de fer projeté, nul doute que la localité ne prenne une certaine extension. La citadelle, mesurant plus de trois kilomètres de tour, est de forme carrée; elle se prolonge à l'un de ses angles par un mamelon qui, fortifié à l'européenne, fait d'elle un ouvrage imprenable.

Deux forts de grande importance dominent la plaine, faisant face aux portes de Chine ; ce sont les forts Négrier et Brière de l'Isle, ainsi nommés pour perpétuer le souvenir de deux généraux qui ont contribué puissamment au succès de l'expédition. Une rivière large, profonde, coule dans la vallée ; on nous montre l'endroit où, pendant la retraite, furent jetés les canons et le trésor, afin qu'ils ne tombassent pas aux mains de l'ennemi.

Nous nous reposons deux jours à Lang-Son, puis nous continuons notre route. Le premier village que nous traversons est Ki-Lua ; où, dans un fort camp retranché, les Chinois attendaient les troupes françaises. Le choc dut être terrible, à en juger par la quantité considérable de tombes dont l'aspect nous remplit le cœur d'une bien compréhensible émotion. On songe aux derniers moments de tous ces braves qui dorment là leur dernier sommeil, à la douleur de leurs vieux parents quand ils ont appris la terrible nouvelle, et de là à penser que pareil sort peut-être nous est réservé, que pareille douleur atteindra là-bas, les êtres qui nous sont si chers, il n'y a naturellement qu'un pas.

Mais l'émotion trop prolongée devient dangereuse pour le soldat ; il ne faut pas qu'il s'amollisse ; on se dit : « C'est pour la patrie, pour la France ! En avant ! »

Bientôt nous apercevons les forts chinois de Nam-Quan, bâtis à l'européenne et situés de manière à dominer tous les passages ; puis nous faisons halte au village de Dong-Dang, construit tout à la chinoise. C'est près de là que le général Négrier fut blessé, lors de la conquête. Le lendemain nous arrivons au bord d'une rivière que nous franchissons à grand'peine et avec une incroyable lenteur. Nous n'avons à notre disposition qu'une pirogue pouvant recevoir six hommes au plus. Les chevaux passent à la nage, guidés par des tirailleurs.

Le douzième jour, après notre départ de Phu-Lang-Thuong, nous entrons à That-Ké, poste militaire très important à cause de sa proximité des frontières.

C'est là que je ressens pour la deuxième fois les premiers symptômes de la maladie qui devait me tenir cloué pendant trois mois sur un lit d'hôpital.

Vu la longueur de l'étape suivante, on nous prévient que l'on se mettra en marche à minuit. Je me couche de très bonne heure; mais impossible de dormir; j'éprouve une lassitude extrême. A l'heure dite cependant, je pars sans me plaindre à personne, mais, au bout de quelques kilomètres, mes jambes se refusent absolument à me porter et force m'est de monter à cheval. A six heures du matin, une fausse alerte nous oblige à une halte de quelques heures. Je ne puis manger et je me couche. Une heure après, la fièvre se déclare avec une violence telle que je me crois en proie à un de ces accès pernicieux qui vous enlèvent en si peu de temps. Le capitaine me fait débarrasser de mes armes, et toujours à cheval, je continue de suivre la compagnie.

A la nuit, nous arrivons à Domk-Ké. Je souffre horriblement. Un de mes collègues du poste m'offre gracieusement son lit et me fait coucher. Mais, au matin, je me sens aussi malade que la veille, le commandant du poste me fait donner un peu de quinine. En route, mon capitaine, voyant qu'il m'est absolument impossible de suivre, m'accorde une escorte de six tirailleurs afin de me permettre de marcher à mon gré.

A chaque étape je rejoins la compagnie pour repartir avec elle le matin, et le troisième jour, quelques heures après le gros de la troupe, j'arrive enfin à Cao-Bang.

Je suis conduit immédiatement à la visite médicale; le docteur me prescrit un gramme de quinine et m'envoie coucher. Le lendemain, comme aucune amélioration ne s'est produite, il me fait entrer à l'hôpital où je reste deux mois.

Nous ne nous étendrons pas longuement sur la vie que l'on mène dans les hôpitaux; vous pouvez l'évoquer vous-mêmes, vous vous figurez bien ces grandes salles à doubles rangées de lits, dont le silence n'est troublé que par les plaintes des malades, le râle des mourants. Cependant ici, au Tonkin, ce ne sont pas comme en France de spacieux bâtiments bien clos, garnis de lits à frais rideaux blancs et d'une excessive propreté; mais bien de légères constructions, basses, souvent malsaines, couvertes en paillotte et, à l'intérieur, de misérables lits de camp en bambou, garnis d'une paillasse dont le moelleux laisse fort à désirer.

Au bout de deux mois, on juge utile de me faire changer de région pour achever mon rétablissement qui est en bonne voie. On me fait rétrograder jusqu'à Lang-Son.

J'y suis porté à dos de coolies sur un brancard. Vous pourriez croire que ce mode de transport n'est pas des plus désagréables. Seulement il faut compter avec la solidité de ces brancards qui, quelquefois, cassent et vous envoient rouler à quelques pas. C'est ce qui m'arriva plusieurs fois, et je suis sûr que malgré la pitié que vous pourriez ressentir pour un pauvre soldat malade, vous ne pourriez retenir un formidable éclat de rire à la vue de ces petits accidents, et de la tête ahurie du porté et des porteurs.

Enfin, nous arrivons à That-Ké où nous embarquons pour deux jours sur des sampans. En débarquant, nous montons dans des pousse-pousse appartenant à l'hôpital; bientôt après, je suis dans cet établissement.

L'hôpital de Lang-Son diffère totalement de ceux décrits plus haut, et qui sont établis dans des bourgades moins importantes. Ici, c'est bien aménagé et l'on y a assez de confortable.

Et, puisque nous parlons d'hôpitaux, je me fais un devoir d'attirer votre attention sur l'*Union des Femmes de France*. Cette société de secours aux marins et soldats, fait parvenir dans toutes nos colonies quantité de provisions destinées aux malades : flanelles, vêtements, vins fortifiants, des livres même qui charment un peu les longues heures d'isolement, tout cela arrive pour le soulagement de nos petits soldats.

Pour eux, pour moi qui en ai ressenti les bienfaits, merci, merci mille fois Femmes de France, et sachez que bien des inconnus vous sont reconnaissants et vous bénissent du fond du cœur !

Au bout de dix-sept jours, je sors guéri de Lang-Son,

bien faible encore et bien anémié ; mais une nourriture fortifiante et le grand air me remettront tout à fait, pendant le trajet que je dois effectuer pour rejoindre ma compagnie.

## Troisième Expédition. — En Colonne.

Arrivé à Cao-Bang le 30 novembre, on me donne tout de suite le commandement d'un détachement de tirailleurs venant du 4e régiment qu'on licenciait en ce moment. Je passe là une vingtaine de jours agréablement ; puis bientôt une colonne est formée pour repousser des bandes de pirates qui infestent les environs d'Ha-Lang, où mon ancienne compagnie tient garnison. Je suis désigné pour prendre part à l'expédition, bon moyen pour moi d'aller rejoindre mes camarades.

Le 20 décembre dans la nuit, la colonne se met en marche. Elle se compose d'un chef de bataillon, commandant, d'un capitaine, de quatre lieutenants et sous-lieutenants, de vingt sous-officiers et de deux cent quatre-vingts caporaux ou soldats ; nous avions en outre deux pièces de canon de montagne. Enfin quatre cents coolies réquisitionnés pour le transport des vivres, des munitions, etc., viennent par derrière.

Le premier jour est superbe, même un peu chaud pour la saison. Tout le monde, y compris la troupe européenne, a le sac au dos, chose rare au Tonkin, et cependant on marche allègrement; à la halte, on mange la soupe de bon appétit, sur les bords ombreux d'un limpide ruisseau. A la nuit, on arrive au sommet d'un mamelon choisi pour le bivouac; des abris improvisés sont dressés, les tirailleurs avec leur coupe-coupe mois-sonnent de grandes herbes dont on fait une toiture desti-née à nous préserver d'un épais brouillard qui tombe dès sept heures du soir.

Le lendemain, nous traversons nombre de villages, entre autres. Tach-Binh, célèbre par la grotte profonde où le capitaine Lacarrière, commandant la 2ᵉ compagnie du 3ᵉ tonkinois, trouva un refuge à la suite d'une défaite que les pirates lui avaient infligée. Barricadé dans cette grotte, il tint tête longtemps; mais il voyait le moment où il manquerait de vivres et de munitions et n'espérait plus sa délivrance que d'une troupe pouvant venir de Cao-Bang dans ses parages, quand un chef pirate, Quang-Mâ qui avait depuis peu fait sa soumission, attaqua ses anciens camarades et parvint à dégager la compagnie Lacarrière qui n'avait pas voulu se rendre.

On fait halte près de cette grotte, que presque tous les Européens visitent; on tue un bœuf, et chaque petite escouade se hâte de faire cuire sa portion.

Pendant le repas, le commandant reçoit la visite du *huyen* (sous-préfet) qui vient communiquer les rensei-gnements qu'il a pu se procurer sur les pirates.

Le soir, vers quatre heures, nous apercevons le poste optique de Quang-Huyen, poste que par la suite je devais commander pendant trois mois. Ma compagnie va se loger dans la citadelle, tandis que le reste de la colonne est cantonné dans le village.

L'étape suivante devait se prolonger jusqu'à Hang-Thia. Nous marchons depuis longtemps déjà par des chemins difficiles, lorsque tout à coup un crépitement que nous prenons pour des coups de feu se fait entendre en avant de nous... C'était le brave Quang-Mâ, qui habitant cette localité et informé de notre approche, venait au-devant de nous en faisant éclater en même temps que sa joie une grande pétarade en notre honneur. De notre côté nous sommes heureux de voir le sauveur de la compagnie Lacarrière qui est aussitôt très entouré.

On fait halte dans le petit village. Pendant notre repas, le commandant s'entretient presque continuellement avec l'ancien rebelle, qu'il a retenu à déjeuner.

C'est aux alentours des villages que nous traversons à partir d'ici que nous remarquons pour la première fois, les pilons à décortiquer le riz, avec l'eau comme force motrice, pilons décrits dans un chapitre précédent.

Si les chemins sont presque impraticables, en revanche, les sites sont très pittoresques. Rien de joli comme ces sources courant çà et là à travers les rochers et les hautes herbes. Ici, un énorme rocher se dresse au milieu même d'un cours d'eau et le force à retomber en cascade ; des mousses, des fougères recouvrent d'un beau vert tendre le roc baigné par l'eau jaillissante. Là, un enchevêtrement de lianes, d'arbustes de toutes sortes forment des voûtes de verdure sous lesquelles se retirent quantité d'oiseaux qui font là-dessous un étourdissant concert quand à la chaleur accablante du jour succède la bienfaisante fraîcheur des matins et des soirs. Ajoutez à cela des troupes de grands singes noirs gambadant sur les arbres, des fouines, des écureuils qui s'enfuient au moindre bruit; vous aurez à peu près le spectacle qui se déroule à chaque instant devant nous.

Nous faisons, dans un de ces sites délicieux, une halte d'une heure qui ne peut être prolongée davantage, car nous avons encore une quinzaine de kilomètres à parcourir. Dans cette seconde partie de l'étape, les frais et jolis paysages se font de plus en plus rares et sont bientôt remplacés par des mamelons incultes et à peu près stériles; sur les quelques arbustes sans vigueur qui y croissent, se trouvent d'abondants nids de fourmis. Et quelles fourmis! On les appelle ici des fourmis rouges, parce qu'elles ont l'abdomen d'un rouge pâle; elles sont bien deux fois plus grosses que les espèces les plus nuisibles de France. Leurs nids, suspendus et de forme sphérique, ont de trente à quarante centimètres de diamètre, et sont faits exclusivement d'une matière grasse secrétée par les insectes eux-mêmes.

. Les indigènes nous engagent à ne pas toucher à ces nids, et à ne pas céder à l'envie d'en faire sauter quelques-uns à coups de crosse, car alors, rendues furieuses, ces fourmis ailées se précipiteraient sur nous et nous larderaient d'innombrables piqûres aussi cuisantes que celles de nos guêpes. Personne ne songe à tenter l'expérience, et nous laissons tranquilles ces vilaines bêtes.

Il est déjà tard, quand l'avant-garde aperçoit enfin le poste d'Ha-Lang; nous en étions loin encore cependant, car ce n'est que vers sept heures, c'est-à-dire en pleine nuit, que nous y arrivons.

Nous restons deux jours à Ha-Lang où nous prenons un salutaire repos. Là, je revois mes anciens camarades avec un véritable plaisir; plusieurs d'entre eux se trouvent désignés pour prendre part à l'expédition, et vont marcher avec nous.

Après ce répit, la colonne se met en route pour gagner Lung-Phaï, repaire signalé des pirates.

Le sentier que nous prenons serpente au milieu d'une vallée étroite où coule un petit cours d'eau que bordent des rochers inaccessibles.

Vers neuf heures du matin, nous occupons un petit mamelon situé à quelques centaines de mètres des avant-postes pirates que nos éclaireurs venaient de signaler. Notre pièce, mise en batterie, vomit dans leur direction une grêle de projectiles, qui, brisant les branches, frappant sur les rochers, font entendre un bruit qui ne devait pas être rassurant pour les bandits. Il est décidé ensuite que l'on passera la journée et la nuit dans cette position, et que l'on n'attaquera que le lendemain, après avoir opéré un mouvement tournant, afin de surprendre les barricades de l'ennemi. Une compagnie est envoyée au sommet d'une petite colline opposée, afin de le surveiller et de l'empêcher de nous tourner nous-mêmes. Mais la nuit se passe sans incident, sauf deux coups de feu sans résultat que nos sentinelles ont à essuyer.

Au matin, après avoir exécuté le mouvement tournant projeté la veille, nous nous trouvons en face d'une des barricades ennemies. Elles sont toutes faites de la même façon ; en décrire une, c'est les décrire toutes.

Deux vallées, deux cirques plutôt, communiquant entre eux par un col très étroit, et qu'il s'agit de rendre inabordable. De grosses pierres sont, à cet effet, entassées à un mètre de hauteur environ, et forment un mur barrant toute la largeur du col, et destiné en même temps à garantir les défenseurs ; puis une barrière en bois, adossée à ce mur, mais en avant, est destinée à empêcher l'escalade ; quelquefois encore, toujours en avant, des abatis d'arbres et d'arbustes épineux.

Le convoi reste parqué en arrière, et la garde m'en est confiée. Je ne peux donc, à mon grand regret, prendre une part directe à l'attaque ; ma curiosité, mon ardeur, excitées par cette marche et tous ces préparatifs de combat se trouvent encore une fois déçues, mais pas pour bien longtemps.

Néanmoins, la proximité du lieu de l'action me permet d'en suivre toutes les péripéties. Les pièces pointées contre la barricade commencent le feu ; mais les pirates ne répondent pas ; ils conservent leur sang-froid et attendent que nos soldats s'approchent à bonne distance. La troupe déployée, le commandant ordonne de s'avancer par échelons successifs, en rampant et en effectuant des feux de salve, sans se lever. On avance ainsi peu à peu, avec une grande prudence. Mais les premiers échelons, arrivés à une centaine de mètres, sont accueillis

Pirates chinois.

par une décharge générale ; de notre côté, les pièces et la troupe font pleuvoir des projectiles dans le cirque ; bien abrités derrière les rochers, nos adversaires ne les craignent guère, mais eux non plus ne nous tuent personne.

Ne comptant pas sur une résistance aussi longue, le commandant, irrité, ordonne aux Européens de s'élancer et de prendre la barricade d'assaut. Devant la furie de la charge, à laquelle nulle troupe indigène ne peut résister, les pirates abandonnent enfin leur position et s'enfuient à toutes jambes du côté de Lung-Vaïl, où ils vont de nouveau nous attendre pour ne reculer que lentement, de barricade en barricade.

Le passage libre, la colonne y pénétre et poursuit sa marche après avoir incendié tout ce qui aurait pu de nouveau servir à l'ennemi ; elle traverse le village rebelle de Long-Long, abandonné par les habitants qui se sont joints aux pirates ; puis on se heurte à un second retranchement derrière lequel nombre des plus hardis s'étaient établis pour protéger la retraite du gros de leur troupe. Le commandant détache une compagnie qui doit tourner l'ennemi et lui couper la retraite. Pendant que ce mouvement s'opère, nous cassons la croûte d'un bon appétit. A ce moment un éclaireur vint avertir que le passage est libre ; les défenseurs de la barricade, s'étant aperçus du mouvement tournant et du danger qu'ils allaient courir, l'avaient abandonnée.

Ici se place un incident qui serait grotesque et comique s'il n'était en même temps trop cruel : Une centaine d'indigènes armés, conduits par les chefs de différents villages, s'étaient joints à nous et cherchaient depuis longtemps déjà un butin qui satisfît leur instinct pillard; quelques-uns de nos tirailleurs s'étaient aussi joints à eux, mais tous éprouvaient la même déconvenue lorsque l'un de ceux-ci a l'idée de pénétrer dans une grotte située à mi-côte; une cinquantaine de porcs, cachés là par les fugitifs se sauvent à son approche. Tirailleurs et linhs tirent leur coupe-coupe et c'est une course désordonnée après ces pauvres bêtes qui sont frappées au hasard et tuées avec une cruauté inouïe. Deux tirailleurs de mon escouade, ayant saisi un porcelet qui n'était pas encore blessé, le prennent, l'un par la tête, l'autre par les pattes de derrière, tandis qu'un troisième, d'un formidable coup de coupe-coupe, le sépare littéralement en deux. Dix minutes après ces tirailleurs m'apportent le cœur et le foie de l'animal, morceaux considérés ici comme les meilleurs et les plus présentables. Enfin, tout le monde profite de cette tuerie; les coolies plus encore que les autres car beaucoup d'entre eux n'ont jamais eu l'aubaine d'un pareil festin.

Après ce substantiel repas, on continue d'avancer; cette fois, je fais partie de l'avant-garde, c'est dire que je serai des premiers à engager l'action et aussi à essuyer le feu de l'ennemi. Je n'avais donc rien perdu pour attendre.

Nous marchons sur Lung-Khoum, où nous devons rejoindre le groupe qui avait été chargé du mouvement enveloppant. Il était six heures lorsque nous arrivons près de ce village qui achevait de brûler; les pirates en reculant toujours y avaient mis le feu. A la tombée de la nuit, nous nous ne sommes plus qu'à sept cents ou huit cents mètres de Lung-Vaïl, village construit dans un cirque adossé à la montagne et communiquant avec Lung-Khoum par un col étroit défendu par une solide barricade; c'est dans ce col que nous allons prendre une seconde fois contact avec les bandes pillardes. Mais comme il est tard, l'attaque paraît remise au lendemain.

Pour se protéger contre une surprise possible, le commandant envoie un sergent avec cinq hommes de la légion et dix tirailleurs un peu en avant, avec ordre de faire quelques feux de salve avant de prendre position ; mais à peine a-t-il commandé le feu, qu'une riposte générale nous force à entamer la lutte.

Alors, nos deux pièces, mises en batterie, font pleuvoir leur mitraille dans la gorge occupée par l'ennemi. A ce moment, un son prolongé de trompe se fait entendre, c'est sans doute le ralliement pour la retraite, car bientôt après nous constatons que nos adversaires ont reculé. Pas bien loin, toutefois.

Le sergent, dont j'ai parlé plus haut, est de nouveau envoyé prendre possession du col en allant occuper les hauteurs dominantes; parvenu à mi-côte, il hésite, n'ose plus monter, insinuant qu'il entend des bruits de voix, et que les pirates doivent occuper les rochers. C'est ce qu'il vient dire au commandant qui, furieux de cette hésitation, envoie tout notre groupe, c'est-à-dire vingt légionnaires et quarante tirailleurs commandés par un officier et deux sergents dont je suis l'un. Il est bien difficile de décrire cette ascension de nuit, à travers les fourrés garnissant ces pentes rocheuses; plusieurs Européens tombent et se meurtrissent; les tirailleurs se déchirent les pieds. Enfin, au bout de trois quarts d'heure, nous prenons possession des hauteurs sans avoir aperçu le moindre pirate.

Le lendemain, le sergent qui avait eu un instant de défaillance inexplicable, montra une grande bravoure à la prise de Lung-Phaï, ce qui le sauva d'un blâme certain et peut-être même de la cassation de son grade.

Nos positions prises sur les hauteurs, nous installons les postes et les sentinelles avancées; cela fait, nous nous disposons à prendre un peu de nourriture, lorsqu'un nouveau son de trompe nous avertit que l'ennemi n'est pas loin. Là-dessus, ordre d'éteindre tous les feux et de nous coucher. Adieu le repas, ce sera pour le lendemain, et qui sait à quelle heure! Malgré nos intestins qui crient famine, la fatigue l'emporte cependant, et l'on ne tarde pas à s'endormir ou plutôt à sommeiller. Un léger brouillard vient obscurcir la clarté blafarde de la lune et nous masquer à la vue des pirates. Ceux-ci n'en tirent pas moins au hasard, et leurs coups de feu nous tiennent presque continuellement sur le qui-vive; un coolie est même atteint à la jambe, c'est le premier blessé de la colonne. Mais défense de riposter; tirer par la nuit noire, n'est-ce pas dépenser des cartouches en pure perte? D'ailleurs les balles passent en sifflant au-dessus de nos têtes, ce qui indique un tir trop haut. C'est-là, du reste, le grand défaut de ces rebelles ; armés presque tous de fusils à tir rapide, ils pourraient nous faire beaucoup de mal, mais, trouvant la longueur du canon embarrassante pour se glisser dans les fourrés, beaucoup n'hésitent pas à le raccourcir, de sorte que, l'arme n'ayant plus les proportions exigées et étant dépourvue de guidon, il leur est impossible de régler leur tir qui est alors très défectueux et presque toujours trop haut. Mais déjà de plus malins leur font connaître ce défaut, et ils deviennnent de plus en plus rares ceux qui mutilent ainsi leur arme. Parmi les autres, il y a vraiment de bons tireurs ; nous ne devions pas tarder à nous en apercevoir.

Au matin, un seul coup bref de clairon nous réveille, et tout le monde est bientôt sur pied. Le commandant reçoit les rapports verbaux des chefs de poste de la garde descendante. L'un des postes, établi à mi-côte de la montagne d'où partaient les coups de feu, dit que l'ennemi avait fait rouler d'énormes cailloux qui heureusement n'avaient atteint personne. A proximité d'un autre poste, les pirates avaient tué un bœuf pour leur subsistance. « Ils n'étaient pas à cent mètres de nous, dit le sergent, néanmoins je n'ai pas fait tirer, me conformant à l'ordre formel qui l'interdisait ». Au jour, les rebelles avaient encore reculé par un défilé que nous n'avions pu penser à garder, car nous en ignorions l'existence. C'était la première fois qu'une troupe européenne pénétrait dans ces parages.

On poursuit donc sur Lung-Phaï, but principal de la

colonne. Je suis à la pointe d'avant-garde. Arrivé à une cinquantaine de mètres d'une barricade, je reçois de mon lieutenant l'ordre de faire exécuter un feu de salve, pour savoir si l'ennemi ne l'occupe pas. La décharge est exécutée; aucune riposte; cependant les pirates s'étaient bien retirés à Lung-Phaï et s'apprêtaient à en défendre énergiquement l'entrée. La barricade est donc franchie sans difficulté. Une pente rapide nous conduit dans le cirque où est bâti le village. Nous y débouchons à peine, que nous sommes accueillis par une fusillade des plus nourries, et d'autant plus dangereuse que les bandits occupent les deux côtés du défilé, et que leurs feux croisés convergent vers nous.

Heureusement, il y a là quelques rochers isolés derrière lesquels nous nous jetons vivement. Les bandits peuvent toutefois être contents de leur décharge : mon clairon, un brave petit indigène, est tombé mortellement blessé; le caporal de l'extrême pointe et un légionnaire sont tués raide, et un de mes caporaux est atteint, à mes côtés, à la cuisse et à la main, d'une balle qui a éraflé ma vareuse. Je l'échappe belle ! Mais, dans ces moments-là, on n'a pas le temps de s'abandonner aux émotions. Le commandant arrive au pas de course avec le gros de la colonne qui riposte vivement. Avec nos tirailleurs disposés derrière des rochers, nous faisons aussi de notre mieux. Nos adversaires cependant tiennent bon et ne reculent pas. Une des deux pièces est alors pointée et vomit sa mitraille avec fracas, mais sans plus de succès. Les pirates savaient que, Lung-Phaï pris, c'en était fait du pillage organisé dans cette région ; aussi le défendent-ils avec un acharnement que nous ne sommes pas habitués à rencontrer de leur part.

Je me suis avancé peu à peu, mais il a fallu se découvrir ; les balles pleuvent et labourent la terre autour de nous ; par un heureux hasard, personne n'est touché. Le commandant me fait dire d'aller, coûte que coûte, prendre possession des hauteurs de droite, tandis qu'un autre sous-officier, celui qui avait manqué de hardiesse la veille, doit gagner les hauteurs opposées. Ces deux positions sont occupées par l'ennemi qui s'y est fortement retranché, et que nous devons à tout prix faire reculer. Le sous-officier qui vient de me transmettre cet ordre, s'est à peine acquitté de sa mission qu'une balle l'atteint à la jambe et le renverse.

Je m'empresse de le relever et d'envoyer chercher un des brancards qui suivent la colonne. Puis, baïonnette au canon, je m'élance en avant, suivi de ma petite troupe, mais d'innombrables obstacles nous arrêtent. L'ennemi était caché dans des fourrés presque impénétrables. On remet baïonnette au fourreau, on recharge les armes et on continue à se porter en avant. Quelle marche ! A ce souvenir, je me demande encore comment j'ai pu arriver au but. Un moment, passant entre deux rochers, je m'appuie sur une liane, elle casse et je roule d'une hauteur de deux ou trois mètres, casque d'un côté, fusil de l'autre ; six tirailleurs, eux aussi, culbutent à la suite les uns des autres ; j'ai à la main une plaie profonde.

N'importe. Reprenant mon sang-froid, je crie, je hurle

En avant !...

plutôt le traditionnel : « En avant ! » et c'est rageusement, furieusement que l'on se précipite, cassant à coups de crosse les arbustes et les enchevêtrements qui nous barrent le passage, pendant que les balles continuent à siffler autour de nous. Mais la mort ne veut pas de nous, deux ou trois tirailleurs seulement sont blessés légèrement...

Nous ne sommes plus qu'à une trentaine de mètres de nos adversaires, lorsque ceux-ci, apercevant mon casque blanc, les salakos rouges des tirailleurs et les éclairs que lancent les baïonnettes remises au canon, se décident enfin à déloger. Dans leur précipitation, ils abandonnent une grande partie de leurs vivres.

J'envoie alors un de mes hommes au commandant, pour lui rendre compte de notre marche et de la prise de possession du terrain. Presque au même moment, mon collègue, chargé de prendre la position de gauche, fait dire qu'il a également réussi.

Le commandant, devant tous les officiers présents, nous félicite de notre belle conduite ; mais, plus encore que ces félicitations, la conscience du devoir accompli nous comble de joie.

Quelques heures après, le village flambe. C'en est fait de ce repaire de pirates ; mais non, hélas ! ces pirates eux-mêmes qui, s'enfonçant de tous côtés dans des bois impénétrables à une troupe armée, ne sont que dispersés. Néanmoins, la leçon que nous venons de leur infliger aura son effet pendant un certain temps, et le pays sera tranquille. Mais il faudra que cette expédition soit suivie de beaucoup d'autres, pour qu'on puisse dire en toute vérité : la région est pacifiée.

Nous passons la nuit à la belle étoile, sous un brouillard intense qui m'occasionne un violent mal de gorge. Au matin, nous rebroussons chemin, et nous rentrons à Ha-Lang. Un jour de repos nous est accordé, mais quelle triste journée ! Il nous faut, en effet, inhumer les victimes que nous avons ramenées avec nous pour les ensevelir dans une terre moins sauvage. Rien ne saurait dépeindre l'émotion qui nous saisit à la vue de la dépouille mortelle de ces martyrs du devoir, enveloppés seulement dans une natte de bambou, laissant dépasser la tête et les pieds; on va les déposer là, loin des leurs, qui n'auront même pas la consolation de pouvoir pleurer sur leur tombe. Quelques paroles d'adieu du capitaine, nous tirent à tous les larmes des yeux !... Qui sait? Bientôt peut-être, nous dormirons, nous aussi, notre dernier sommeil dans ces lointains parages...

Le lendemain, c'était le 1er janvier ! Cette date évoque en nous le souvenir des joies ineffables que goûtent là-bas les familles de France, celles surtout qui sont au complet, dont tous les membres peuvent se féliciter, s'embrasser, se souhaiter « une heureuse année suivie de beaucoup d'autres semblables ». Et nos parents, quels vœux ardents ils doivent former ! Ce vœux, ils nous semble qu'ils viennent jusqu'à nous à travers l'immensité de l'espace... Hélas! pour ceux de nos camarades que nous avons enterrés la veille, ils sont déjà interceptés par la mort!

Dans la soirée même de ce premier jour de l'an, à

l'heure où l'on festoie si joyeusement au pays, nous repartons pour une autre expédition et nous passons la nuit au milieu de la brousse.

Nous ne raconterons pas cette expédition, non plus que plusieurs autres qui suivirent. Dans ces régions montagneuses, ce sont toujours à peu de choses près les mêmes scènes et nous ne voudrions pas tomber dans les redites. Signalons seulement un incident tragique qui se produisit au cours de l'une d'elles.

Trois pirates, faits prisonniers, sont amenés au commandant qui décide leur mort. Chacun d'eux doit recevoir une balle tirée par un indigène. A cet effet, on les attache à un piquet par une corde qui leur passe sur la poitrine et les bras, et on les laisse un certain temps dans cette triste posture; ce fut un tort. Les malheureux, sentant leur fin prochaine et mus par l'instinct puissant de la conservation ont l'idée de fuir. Cela semble folie; et cependant, à un moment donné, ils secouent les pieux avec une telle force, que, mal enfoncés, ils cèdent sous l'effort, et voilà ces pauvres diables qui courent vers la forêt. Les exécuteurs, voyant leurs victimes s'échapper, tirent leur coupe-coupe et commencent une véritable chasse à l'homme où les pirates doivent nécessairement succomber, car si les piquets ont cédé, les cordes tiennent toujours, leur entravant les bras. On les rejoint en effet, et, au lieu de les reprendre et de les ramener pour l'exécution on tombe sur eux à coups de coupe-coupe, on frappe, on fauche au hasard, ce n'est que lorsqu'il sont à terre qu'on leur octroie la balle de miséricorde. Un de ces malheureux a reçu un coup de coupe-coupe si formidable que son épaule est presque entièrement détachée, et que, par l'ouverture béante, on aperçoit les organes intérieurs; un deuxième coup, dans l'abdomen avait mis les entrailles à nu; enfin le coup de grâce lui fait sauter complétement la boîte crânienne. Les deux autres étaient à peu près dans le même état.

Ainsi se trouvent punis par de sanglantes représailles, que nos officiers n'avaient pu prévoir et empêcher, ces misérables qui font subir aux nôtres quand ils les tiennent de si atroces souffrances et de si horribles mutilations. Devant de telles cruautés, n'est-ce pas le cas de s'écrier comme Napoléon dans le cimetière d'Eylau : « Un tel spectacle est bien fait pour inspirer aux hommes l'amour de la paix et l'horreur de la guerre! »

### D'Ha-Lang à Trung-Kan-Phu.

La colonne devant se diriger sur Trung-Kan-Phu, pour disperser des bandes rebelles qui opèrent dans les environs, j'en profite pour rejoindre le premier peloton de ma compagnie qui a été envoyé de ce côté tandis que j'étais en expédition.

Nous partons le 20 janvier. Au lieu de prendre le chemin ordinaire qui ne comporte que deux jours de marche, nous allons gagner la frontière chinoise, et la longer autant qu'il nous sera possible. C'est presque une exploration, tout au moins une excursion, car nulle troupe française n'a encore passé dans ces parages. Au bout de deux jours nous atteignons la frontière.

L'aspect du pays change du tout au tout ; presque plus de maisons en paillottes, mais de solides maisons en bois, aux toits recourbés ; les champs sont aussi mieux cultivés. Près d'un fortin chinois, nous apercevons quelques soldats dont l'accoutrement est curieux : sur leurs vêtements ordinaires est passée une espèce de chasuble rouge, portant dans le dos des caractères jaunes qui diffèrent suivant les grades et les corps ; puis arrivés en face de ce petit fortin, nous voyons s'élever au sommet d'un mât un grand drapeau noir au milieu duquel se dessinent de grandes lettres blanches : c'est la garnison qui nous rend les honneurs.

Le troisième jour, nous arrivons au bord d'un cours d'eau assez large qui sert un moment de frontière. Un peu plus loin il forme une magnifique cascade, dévalant dans un précipice de plus de trente mètres de profondeur où les ondes s'abîment avec un fracas perceptible à plusieurs kilomètres à la ronde. On jouit là d'un magnifique coup d'œil que Chateaubriand, s'il eût pu passer en ces lieux n'aurait pas manqué de décrire de cette façon magistrale dont il avait le secret.

Après une halte d'une heure, on poursuit sa route, en rentrant peu à peu dans l'intérieur de notre colonie. Enfin, le cinquième jour depuis notre départ d'Ha-Lang, nous arrivons à Trung-Kan-Phu. Ici se termine, pour moi, cette campagne en colonne dont je fais partie depuis six semaines. Je vais pouvoir enfin prendre un peu de repos, car, depuis ma sortie de Phu-Lang-Thuong, je ne fais qu'arriver à ma destination primitive. Et peut-on compter comme repos le temps passé dans un hôpital ?

Le mot *phu* (prononcer fou) désigne un fonctionnaire indigène qui peut être comparé dans l'ordre administratif à un préfet ; les *huyen* en seraient les sous-préfets. Les villages où résident ces fonctionnaires indigènes ajoutent à leur nom l'une de ces particules ; ainsi Trung-Kan-Phu, Phu-Lé, Quang-Huyen, etc. Seuls les chefs-lieux de région, comme Lang-Son, Bac-Ninh, Cao-Bang, etc., administrés par un résident français, échappent à ces dénominations ainsi que les villages sans importance où phus et huyens n'existent pas.

Nous voilà donc à Trung-Kan-Phu, dans un casernement vaste et assez confortable. A part le service de garde et la surveillance des travaux de réparation où d'amélioration que l'on fait exécuter aux travailleurs, le service y est à peu près nul.

Nos prédécesseurs ont établi dans l'enceinte occupée par la troupe de jolis jardins qu'à notre tour nous entretenons avec soin, et c'est avec un grand plaisir, que les nouveaux venus surtout laissent de temps en temps leurs armes, pour semer, planter et arroser les légumes.

Puis tous les huit jours il y a marche, et nous avons là de curieuses études à faire.

Mais revenons donc à nos descriptions.

## Le Haut Tonkin. — Aspect du pays.

A partir de Lang-Son, plus on s'avance vers le Nord, plus on pénètre dans les régions montagneuses. Nous n'en avons donné qu'une idée bien incomplète en décrivant les sites les plus pittoresques traversés par notre colonne expéditionnaire. Il nous faut donc parfaire notre peinture en ce qui concerne le haut Tonkin.

Aux immenses plaines couvertes de rizières, de cannes à sucre, etc., ont succédé peu à peu quantité de mamelons séparés par de profondes vallées. D'immenses forêts vierges contiennent en même temps les essences des pays tropicaux et celles des climats tempérés; des lianes énormes pendant de ces arbres, et par leur entre-croisement forment des voûtes de verdure qui interceptent les rayons du soleil et des fouillis où l'on ne peut pénétrer. Nous avons indiqué, d'autre part, les animaux que récélaient leurs profondeurs mystérieuses. Quand les moyens de transport seront suffisamment développés, il y aura dans ces forêts de vastes champs d'exploitation.

Sur les plateaux, l'air est vif et pendant l'hiver les sommets les plus élevés se teignent quelquefois d'une légère couche de neige. En un mot la température est bien meilleure pour les Européens que celle des districts de plaines.

Sur les flancs des collines, se trouvent quantité d'arbres

fruitiers : aréquiers, cocotiers, bananiers, orangers, mandariniers, etc. On y rencontre aussi de magnifiques ananas.

Tel est, en quelques mots, l'aspect dc cette région qui ne pourra que gagner à être connue davantage.

## Les Habitants.

Les habitants de cette partie du Tonkin diffèrent sen-siblement des Annamites du plat pays. On distingue parmi eux plusieurs races : les *Muong*, les *Thos*, les *Mans*, sont les principales. Les Muongs sont en grande majorité dans les provinces de Lang-Son et de Cao-Bang. C'est donc avec eux que nous sommes le plus en rapport.

Beaucoup plus forts que les Annamites, ils sont aussi beaucoup plus courageux quand ils ne sont pas abrutis par l'opium. Mieux vaut avoir vingt coolies muongs que trente coolies annamites. Jamais les premiers ne désertent leur poste comme les seconds, qui s'enfuient chaque fois qu'ils le peuvent; et il faut les voir, une fois arrivés à l'étape! Au lieu de jeter leur fardeau et de se coucher nonchalamment, ils s'empressent d'improviser des abris pour les officiers et les sous-officiers; en second lieu seulement ils pensent à eux-mêmes. Enfin ils ne sont point avares et fripons et on les voit souvent se prêter un mutuel appui.

Ils se bâtissent des habitations élevées sur des piliers

de deux à trois mètres, et composées d'une seule pièce,
mais assez spacieuse. On y monte par des échelles.
Devant les portes, car il y en a aux deux extrémités opposées, se trouve une petite plate-forme recouverte par la
saillie du toit. Ces habitations, construites sur pilotis,
par crainte du tigre, sont beaucoup plus solides que les
caï-nhas annamites, car il y a parfois dans ces régions
montagneuses de violents orages qui auraient vite fait de
les renverser, ce qui arrive encore trop fréquemment.

C'est là, dans ces demeures, que les femmes, très cou-
rageuses, elles aussi, tissent le coton ou la soie, confec-
tionnent des vêtements, pilent le riz qu'elles vont faire
cuire ensuite dans des tubes de bambou posés au-dessus
de vases d'eau bouillante.

Les hommes sont habillés à peu près comme les
Annamites, mais au lieu de relever leurs cheveux en
chignon sur le sommet de la tête, ils les portent en nattes
pendantes à la façon des Chinois.

Les femmes sont également mieux que les *con-gaïs* de
la plaine; de taille moyenne, elle ont une démarche plus
élégante. Elles sont surtout beaucoup plus vertueuses.
Leur costume diffère également très peu de celui que
nous avons décrit d'autre part; elles ne portent pas le
long peignoir, le long caï-do, mais elles s'entourent la
taille d'une longue pièce d'étoffe blanche, soie ou coton,
selon leur situation de fortune.

A signaler dans les habitudes de tous les indigènes du
Tonkin, deux traits communs: d'abord, ils ont tous les
dents très noires, hommes et femmes; cela provient de

ce qu'ils mâchent presque continuellement des feuilles de bétel, plante grimpante qui rappelle le poivrier, puis à ce qu'ils se les laquent; contrairement aux Européens, dont la coquetterie veut de belles dents blanches, ils admirent, eux, les dents les plus noires.

### Incrustation de la nacre.

Nous avons vu, parmi les travaux agricoles, que la culture du riz est de beaucoup la plus importante.

Entrons maintenant dans une de ces cases que nous avons décrites, et voyons l'une des principales industries des peuples de l'extrême Orient, celle de l'incrustation de la nacre. Elle s'exerce surtout au Japon et en Chine; mais elle a aussi une certaine importance au Tonkin. Tous les jolis objets fabriqués dans ces pays, boîtes, coffrets, éventails, etc., sont brillamment incrustés.

Ce travail d'incrustation, si minutieux, passe par plusieurs phases successives: d'abord, il faut préparer la nacre qui est extraite de l'huître perlière, laquelle se trouve en grande quantité dans l'océan Indien, principalement dans les parages de Saïgon et de Singapour; puis les morceaux de nacre sont assortis selon leurs teintes plus ou moins foncées, plus ou moins pures.

Alors, l'ouvrier place dessus le dessin qu'il a exécuté et qu'il veut reproduire en incrustation, il en trace les contours, découpe ou use avec la lime la nacre qui prend

peu à peu la forme voulue, il la colle sur le bois, et avec
un fin poinçon, il marque les parties qu'il doit entailler
ensuite avec la plus grande précision. Enfin, pour terminer, il place la nacre dans les entailles. Tout cela, vous
le comprenez, demande beaucoup d'attention et une
main sûre. Aussi, il faut voir avec quelle application,
sans se laisser distraire, l'ouvrier, accroupi devant une
petite table, se livre à son travail !

### Fumeurs d'opium.

Quand on pénètre dans les demeures des indigènes,
aussi bien du haut que du bas Tonkin, il est rare qu'on
ne se trouve pas en présence d'un fumeur d'opium. Et la
plus grande politesse qu'il puisse vous faire est de vous
offrir une pipe.

C'est la grande passion de toute la race jaune, passion
dont l'abus produit de funestes effets d'affaiblissement
physique et moral. Les missionnaires catholiques défen-
dent l'usage de l'opium à leurs nouveaux adeptes, les
règlements militaires l'interdisent aux soldats annamites
et surtout aux soldats français, sous peine, pour ceux-ci,
de la prison. Ai-je besoin d'ajouter que ni la crainte du
péché, ni les règlements militaires ne parviennent et ne
parviendront sans doute de longtemps à déraciner une
habitude si invétérée?

C'est cependant tout un travail que de préparer une

pipe d'opium. N'allez pas croire que l'on mette tout simplement de l'opium dans le fourneau, et qu'il ne reste plus ensuite qu'à allumer et à fumer, tout en faisant son travail comme le font nos fumeurs de tabac ; vous seriez dans une erreur complète.

Pour fumer l'opium, il faut être absolument tranquille, sans occupation. Alors le fumeur se couche et un aide prépare la pipe.

Cette pipe est formée d'un tuyau de bambou, d'environ quarante centimètres de long, sur lequel se fixe latéralement un fourneau en terre cuite, très large à sa partie supérieure et percé seulement d'une étroite ouverture. L'aide trempe dans le pot d'opium une longue aiguille d'acier ; il en retire ainsi une goutte qui à la consistance d'un sirop. Cette goutte est présentée à la chaleur d'une petite lampe, enveloppée d'un verre ayant la forme d'une demi-sphère creuse percée à la partie supérieure d'une ouverture circulaire de deux ou trois centimètres de diamètre. Sous l'influence de la chaleur, elle se gonfle et se boursoufle ; l'aide la roule alors légèrement sur le fourneau de la pipe. Ces diverses opérations sont répétées aussi souvent et aussi longtemps qu'il est nécessaire pour que la goutte d'opium soit devenue un petit cône consistant que l'on introduit dans l'ouverture du fourneau de la pipe ; l'aiguille est alors retirée vivement de sorte que ce cône est percé. La pipe est prête. Il faut moins longtemps pour la fumer.

Le fumeur la tient au-dessus de la petite lampe et aspire largement en avalant la fumée de l'opium qui bouillonne au-dessus de la flamme. Quelques aspirations, et c'est fini.

Mais, direz-vous, il n'y a rien là de bien agréable, s'il faut aussi peu de temps pour fumer une pipe dont la préparation est si compliquée. A cela je réponds que les indigènes, après quelques pipes tombent dans une grande somnolence, pendant laquelle, disent-ils, se présentent à leur esprit une foule de souvenirs agréables, de rêves enchanteurs. N'est-ce pas un peu exagéré? Je l'ignore. Néanmoins, un jour où je savais n'être ni vu, ni dérangé, je voulus satisfaire ma curiosité et je fumai quelques pipes. La vérité m'oblige à dire que l'on ne tarde pas à sentir un bien-être délicieux.

Seulement le corps s'y fait peu à peu, et peu à peu aussi il faut augmenter le nombre des pipes pour ressentir ce bien être. C'est là qu'est le danger. Si l'on n'abusait pas de l'opium, peut-être ne serait-il pas plus pernicieux que bien d'autres narcotiques ; mais beaucoup d'indigènes ne savent résister à la tentation et l'on en voit qui, pour arriver à la somnolence désirée, sont obligés de fumer successivement cinquante à soixante pipes.

Aussi quand on entre dans une case, il n'est pas rare d'y voir accroupi dans un coin un homme, qui, bien que jeune encore, vous montre une face émaciée, d'un jaune très pâle, et qui vous regarde avec des yeux hébétés. Il offre tous les signes de la plus grande décrépitude.

C'est le fumeur d'opium, l'enragé fumeur d'opium que l'intoxication à outrance a littéralement abruti.

Ajoutons, pour terminer ce chapitre, qu'une pipe à opium, bien culottée ne se céderait pas à moins d'une cinquantaine de francs.

## Au Marché.

### Les installations. — La monnaie. — Le jeu.

*Installations.* — Nous avons dit que l'une des distractions à Trung-Kan-Phu, est, pour nous autres Européens, le marché qui s'y tient une fois par semaine, le jeudi.

Ce jour-là, vers les huit heures du matin, les chemins commencent à être encombrés par la foule; marchands chinois pour la plupart, portant leurs denrées aux extrémités d'un long bâton qu'ils appuient sur l'épaule; habitants des villages environnants qui, sur un rayon de trois à quatre lieues, viennent s'approvisionner ici, portant leur monnaie autour du cou ou au bout d'un bâton.

Tout ce monde s'installe en plein air, sur une place grossièrement pavée, où l'on établit à la hâte de légers abris. Puis, sur des claies, des nattes étendues à terre, les trafiquants installent leurs marchandises; on trouve là une grande partie des productions de l'Orient : ici, ce sont des oranges, des mandarines, des ananas, des patates, des bananes et quantité d'autres fruits ou légumes; là, ce sont des outils; à côté, des étoffes de coton ou de soie; plus loin se tiennent des guérisseurs qui vantent et vendent leurs remèdes végétaux, herbes et

racines. Voici également un marchand de viande de porc
ou de buffle; ne lui demandons pas du bœuf, il n'en a
pas; la religion bouddhiste en défend l'usage à ses adeptes
comme la religion israélite défend le porc aux juifs.
Ailleurs nous apercevons un marchand qui vend de jeunes
porcs pour l'élevage; ailleurs encore, on nous offre des
volailles, notre régal en arrivant au Tonkin, car pour
cinq ou six sous on a un beau poulet, mais maintenant
nous en sommes rassasiés; puis des poissons, pas toujours très frais, des cours d'eau du pays.

Qu'est-ce que ce petit rassemblement? Ah! nous sommes
devant un marchand de tabac qui, s'il en vend à emporter, en débite beaucoup plus à consommer sur place;
et ce n'est pas le moins plaisant de voir, devant son
étalage, quelquefois huit ou dix indigènes tirant préci-
pitamment de fortes bouffées; la pipe achevée, ils la rendent
au vendeur qui la bourre de nouveau et... à qui le tour?

Ici, c'est un restaurant primitif, où assis sur des bancs,
des clients consomment un brouet dont l'odeur seule
suffit. Là, c'est un débitant de *choum-choum*, eau-de-vie
de riz, régal des Orientaux. Enfin, un peu dans tous les
coins, des teneurs de jeux, bien achalandés eux aussi,
car le jeu est ici une passion frénétique; et plus d'un
des indigènes que nous voyons là, leur *fortune au cou*,
s'en iront ce soir complétement allégés.

Cette expression « fortune au cou » vous rend peut-être
rêveurs. C'est qu'ici la monnaie courante, ce sont les
*sapèques*, de valeur variable selon les contrées, mais toujours bien minime; dans le bas Tonkin elles sont en étain

Maison de jeu.

et il en faut quarante-cinq pour équivaloir à notre sou ; dans les hautés régions, elles sont en cuivre et il en faut encore dix pour un sou. Ces pièces, rondes, sont percées, au milieu, d'une ouverture carrée permettant de les réunir en un collier, qui se porte au cou et quelquefois au bout d'un bâton. Vous voyez que notre expression

Sapèque.

sion avait sa raison d'être, et aussi, lorsqu'on voit un pauvre diable plier sous le faix de sa monnaie, il ne faut pas conclure pour cela que c'est un gros capitaliste. Il y a cependant encore la *piastre*, pièce en argent ayant à peu près la même grosseur et la même valeur que notre pièce de cinq francs. Mais les piastres sont rares chez le peuple et soigneusement dissimulées dans les poches.

Depuis que nous sommes établis au Tonkin, la banque d'Indo-Chine a heureusement émis des sous en bronze, des pièces en argent de 50 centimes, de 1 franc et de 2 fr. 50 qui, pour nous et les commerçants européens, remplacent avantageusement cette trop encombrante monnaie.

Pièce de dix centimes.

Le jeu est une des grandes passions humaines ; il exerce partout ses ravages ; c'est assez dire, qu'au Tonkin comme ailleurs, il sévit avec intensité.

Le jeu le plus en vogue est celui de la *qué-bat*.

Voici en quoi il consiste, et comment on le joue :

Une natte installée sur une petite table, ou simplement par terre, est partagée en deux parties égales par une raie tracée au charbon ; la partie de gauche est affectée aux nombres pairs, celle de droite aux nombres impairs ; un pot (qué-bat), ou une simple tige creuse de bambou, puis quatre sapèques teintes en blanc d'un côté, en noir de l'autre, sont tout le matériel de ce jeu primitif.

Celui qui tient le jeu, attend que les sommes posées à gauche et à droite, c'est-à-dire sur pair ou impair, soient sensiblement égales, alors il place les sapèques dans le qué-bat et, mettant la main gauche à l'ouverture, il agite le tout fortement, puis renverse sur la natte et enlève le pot. Quelle que soit la couleur, pourvu qu'il y ait nombre impair, ceux qui ont posé à droite de la raie ont gagné et sont payés par les sommes mises sur la partie de gauche ; s'il y a un nombre pair, soit de blancs, soit de noirs, c'est au contraire la partie à gauche de la raie qui gagne, et on la paye avec l'argent de la partie de droite. On comprend que si les sommes sur impair et pair ne s'équilibrent pas, ce qui arrive presque toujours, c'est le tenancier qui perd ou gagne la différence. Quelquefois, quand il est en fonds, il accepte de tenir la partie, bien que tous ses clients n'aient ponté que d'un seul côté ; s'il perd, il est obligé de tout payer de sa poche ; s'il gagne, il ramasse tout. Malgré la simplicité de ce jeu, il faut voir avec quelle ardeur s'y livrent les indigènes ; et les jours de marché, beaucoup ne pensent à regagner leur domicile, leur village, quelquefois bien éloigné, que lorsqu'ils n'ont plus la moindre sapèque à leur disposition.

## Deux des principales cérémonies :
## Mariage et Enterrement.

Pour achever de dépeindre les mœurs des habitants du Tonkin, nous allons indiquer de quelle façon ils procèdent à deux des plus importantes cérémonies de la vie, le *mariage* et l'*enterrement*.

### MARIAGE

Dès qu'un jeune homme a fait choix de celle dont il veut faire sa compagne, et qu'il est prêt à l'épouser, il prie son père d'aller la demander. On prépare alors un *laij* (cadeau) selon la position de fortune ; le plus ordinairement c'est un plateau chargé de bétel, de petits gâteaux de riz, de bananes, d'oranges, de mandarines, etc.

Avec ce laij, le père du jeune homme, accompagné quelquefois d'un ami, se rend chez les parents de la jeune fille, offre le laij, et fait connaître le motif de sa visite.

Ces derniers indiquent alors le jour où ils donneront une réponse définitive. Ce jour arrivé, les parents du jeune homme apportent un nouveau cadeau, poulets et œufs ; après l'avoir accepté, le père de la future épouse, fixe une certaine somme, moyennant laquelle le mariage, on pourrait dire le marché, sera conclu.

Quand cette somme est réunie et payée, au jour fixé

pour la cérémonie, le futur, cette fois, accompagné de ses parents et amis, se rend au domicile de sa fiancée où la dot qu'il a versé se trouve exposée, en sapèques, sur des claies, à côté du petit trousseau de celle qui va être sa femme.

On se place pour le repas ; les invités, autour de petites tables rondes que l'on prendrait pour des tabourets, sont assis par terre, à la manière de nos tailleurs, hommes d'un côté, femmes de l'autre, à l'exception des nouveaux époux placés côte à côte. On leur offre à chacun la moitié d'un poulet et d'un œuf dur, ils commencent à manger, puis boivent dans le même vase. Moyennant quoi, les jeunes gens sont mariés, et les invités commencent le repas de noce qui se termine par une forte rincette d'eau-de-vie de riz.

Après ce repas, les mariés viennent se prosterner devant leurs parents, puis s'en vont au logis dont ils ont fait choix.

### ENTERREMENT

Voyons maintenant le rite funéraire.

Lorsqu'un indigène vient à mourir, un chef de famille surtout, ses proches sont plongés dans la plus vive douleur, et font retentir la case de leurs gémissements.

Le cadavre est étendu sur une natte de bambous, et contrairement à nos usages qui veulent que l'on ferme les yeux du mort, ici, on les lui ouvre tout grands ; puis on lui met dans la bouche du riz et du sel pour la nourriture de l'âme que la religion bouddhiste, elle aussi, déclare immortelle. Au bout d'un jour ou deux, on dépose le corps dans une bière rustique, faite des deux moitiés longitudinales d'un tronc d'arbre que l'on a creusées à cet effet, et que l'on maintient ensemble en les serrant fortement avec des cordes. Pendant plusieurs jours, quelquefois huit ou dix, le cercueil est gardé à la maison ; enfin, lorsqu'on se décide à le transporter à sa dernière demeure, le plus souvent sur un mamelon dénudé voisin du village (car au Tonkin les cimetières sont inconnus), les amis du mort le portent sur leurs épaules. Presque tous les habitants du village suivent par derrière. Mais tandis que, chez les Annamites de la plaine, le cortège marche avec accompagnement de gongs et de tam-tam, dont les coups sourds, répétés à intervalles égaux, laissent une grande impression de tristesse, dans les hautes régions, le cortège suit silencieusement sa marche.

Toutefois, les riches sont enterrés d'une façon beaucoup plus bruyante, comme vous allez voir.

Dès qu'un personnage important vient à décéder, ses parents vont installer aux angles de la fosse où on l'enterrera quatre grands piliers ornés de papiers multicolores, où le rouge domine, et supportant un dôme-abri. Le corps est transporté sous cette espèce d'arc de triomphe, et là, des femmes, des pleureuses, louées pour la circonstance, sanglotent d'une façon bruyante, poussent à tour de rôle, sans discontinuer, des cris qui s'entendent de fort loin. Même, quand le cadavre est enterré, cette démonstration dure encore plusieurs jours sur sa fosse, quelquefois même une semaine entière.

Ce n'est qu'au retour de l'enterrement, que les proches du mort prennent le deuil, et, contrairement encore à nos usages, ce n'est pas en employant le noir, mais le blanc. Ils se rasent la tête et s'enveloppent d'un large turban blanc.

Enfin, leur croyance fort invétérée à l'immortalité, fait qu'ils sont persuadés que l'âme du défunt ne les abandonne pas, et vient de temps à autre les visiter; aussi, pratiquent-ils pour elle, dans un angle de la case, un petit réduit où l'on dépose des aliments, et où l'on fait brûler incessamment une espèce de tison enduit d'une cire parfumée exhalant une odeur assez semblable à celle que laisse, en se consumant, le papier d'Arménie, que les camelots vendent sur nos boulevards.

## A Quang-Huyen.

A Trung-Kan-Phu, nous jouissons donc d'une parfaite tranquillité, et, si la vie s'y écoule d'une façon un peu monotone, en revanche nous y avons un certain confort qui la rend sinon agréable, du moins très supportable.

Mais, au bout de quatre mois de séjour, je reçois l'ordre d'aller prendre le commandement du poste optique de Quang-Huyen, situé à quelques lieues au sud de Trung-Kan-Phu.

Avec quelques tirailleurs, nous nous mettons en marche et nous y arrivons au bout de neuf heures.

Le poste, situé à l'extrémité nord du village de ce nom, n'est défendu que par deux palissades en bambous qui en forment l'enceinte ; mais sa position, sur un mamelon très élevé (1,000 mètres d'altitude) et presque à pic, le rend à peu près inexpugnable ; d'un autre côté, cette élévation en fait un des premiers postes optiques de la région. En effet, on y aperçoit facilement les signaux d'autres postes très éloignés, ceux de Cao-Bàng, Halang-Huyen, Phu-Hoa et de quelques autres.

Peu de choses à dire sur notre vie dans cette nouvelle garnison, elle ressemble à celle que nous avons décrite, si ce n'est que notre société est encore plus réduite. A Quang-Huyen, également, il y a tous les huit jours un important marché où nous ne manquons pas de nous rendre, quoique le retour soit des plus pénibles, car il faut quelquefois s'aider des mains pour gravir les espèces de marches taillées grossièrement dans les rochers; mais, c'est qu'en plus de la diversité, nous y trouvons la société du huyen (sous-préfet) indigène charmant, de bonnes manières, très affable, et parlant assez bien le français.

Les jours de marché, c'était convenu, il nous reçoit à dîner, dans sa jolie résidence émergeant de deux hautes palissades de bambous et entourée de fossés remplis d'eau. Dire que sa cuisine nous plaît énormément, serait exagéré ; en revanche, il trouve la nôtre excellente lorsque, toutes les semaines aussi, il vient nous rendre visite.

Un marché.

## La Télégraphie optique.

Dans tous les postes optiques un peu importants, il y a un sous-officier télégraphiste qui n'a qu'à s'occuper de ses appareils. C'est un autre sous-officier qui commande la petite garnison et assume toute la responsabilité au point de vue militaire. C'est à lui que, par l'entremise du télégraphe, on transmet des ordres, c'est lui qui fait transmettre les renseignements qui lui sont demandés ou qu'il juge à propos de faire connaître aux chefs d'une garnison importante éloignée.

Mon collègue télégraphiste est charmant et, sur ma prière, il m'a bientôt initié à sa science, si bien qu'au bout de peu de temps, je peux non seulement lire ce que l'appareil transmet, mais aussi le faire fonctionner habilement.

C'est même, dans les premiers temps de mon arrivée, ma plus grande distraction que de déchiffrer, le soir venu, ce que dit cette lumière qui tremblotte au loin.

Le mot *optique* indique bien par lui-même le genre de cette télégraphie qui consiste en signaux destinés à être vus de loin.

L'appareil de télégraphie optique est bien simple. Il se compose d'une grande boîte carrée dont l'intérieur contient :

1º Une forte lampe ; 2º un réflecteur destiné à renvoyer en avant les rayons lumineux ; 3º de fortes lentilles

destinées à les grossir; 4° un écran que l'on fait mou-
voir au moyen d'une manivelle placée extérieurement,
et qui a pour but d'intercepter l'éclat de la lampe, afin
que l'on puisse produire à volonté des rayons lumineux
d'une plus ou moins longue durée; 5° enfin, le long de
la boîte est fixée une forte lunette qui permet de distinguer de plus loin et plus exactement les signaux des
autres postes.

Un rayon lumineux de courte durée représente un
point de l'alphabet de télégraphie Morse; un éclat de
plus longue durée représente un trait.

Points et traits combinés forment l'alphabet.

Ainsi **a** se représente par ▪ ▬ ; **b** par ▪ ▬ ▪ ▬ ;
**c** par ▬ ▪ ▬ ▪; **d** par ▬ ▪ ▪ , etc.

De nuit, on peut voir à quarante ou cinquante kilomètres; dans la journée, à vingt ou vingt-cinq seulement,
selon l'état du ciel.

### Com-Oùn (Seigneur Tigre).

Un incident, qui mérite d'être noté, vient, un soir,
troubler notre tranquillité, nous faisant tout à coup
passer des douceurs d'une partie de cartes à l'émotion
d'une vive alerte. Au moment où la partie est sérieuse-
ment engagée, voilà que soudain s'élève dans le village
une effrayante clameur; des bruits de fuite précipitée,
des cris d'épouvante parviennent jusqu'à nous. Tout de

suite nous pensons qu'une bande de pirates, assez adroite pour avoir caché sa présence pendant la journée, se prépare à attaquer Quang-Huyen. Ah! comme les cartes sont envoyées vivement en l'air! Au premier cri de : « Aux armes! » ma petite troupe est sur pied. Nous sortons du poste, prêts à nous porter où besoin est quand parmi le tumulte, des tirailleurs entendent plusieurs fois le cris de *com-oùn*. Cela nous rassure quant aux pirates.

C'est seulement seigneur tigre qui vient de faire des siennes. Le tigre est la terreur des Tonkinois, et pour ne pas exciter sa colère ils ne parlent de lui qu'avec le plus grand respect, d'où selon les provinces, les expressions *com-oùn* ou *ong-cop* qui signifient : Seigneur tigre.

Nous apprenons bientôt que le terrible fauve s'est avancé jusqu'au village, a franchi la palissade et emporté un jeune homme d'une quinzaine d'années. Les habitants nous supplient de les protéger. Puisque la bête a sa proie, elle ne renviendra pas cette nuit, je le fais dire à ces pauvres gens en les engageant à réintégrer leur domicile et en les assurant que lendemain, à la tombée de la nuit, nous ferons bonne garde, et que si seigneur tigre revient, comme c'est à présumer, nous lui accorderons les honneurs d'une salve à laquelle il sera certainement sensible. Là-dessus, tous les indigènes, quoique peu rassurés, regagnent leur gîte, comme nous regagnons le nôtre.

Le lendemain, au crépuscule, nous allons, avec huit hommes, nous poster dans des arbres sur le passage présumé du fauve.

Notre attente se prolonge et nous commençons à

désespérer, lorsqu'enfin, non sans une certaine émotion nous le voyons arriver. On le laisse s'avancer près de nous, et lorsque je juge le moment favorable, sur un signe, tous les fusils partent à la fois. Un rugissement terrible se fait entendre accompagné d'un bond formidable; mais c'est tout. Puissant seigneur tigre est touché, bien touché, et il gît par terre dans les dernières convulsions de l'agonie.

Lorsqu'on juge qu'il n'y a plus aucun danger, nous quittons notre embuscade; mais, dans la crainte que l'intrus ne soit pas encore tout à fait mort, nous nous abstenons de pousser jusqu'à lui.

Ce n'est que lendemain matin que des tirailleurs vont le chercher et le montent au poste avec beaucoup de peine. Nous pouvions être fiers de notre tir : la tête était criblée. La peau, préparée par des indigènes, est au nombre des nombreux souvenirs rapportés de notre long voyage. Est-il besoin d'ajouter que c'est un de ceux qui nous sont le plus cher?

### Le Retour.

Dans la soirée du 10 juillet 1891, quelques mois après mon arrivée à Quang-Huyen, mon capitaine, resté à Trung-Kan-Phu avec ma compagnie, me fait demander par le télégraphe (il y avait un poste optique à Trung-Kan-Thu) si j'ai l'intention de rengager. Ma réponse étant

17

négative, je reçois bientôt cet ordre qui n'était pas pour me déplaire : .

*« Le sergent Badier est désigné pour être rapatrié. Il devra se mettre en route aussitôt après l'arrivée de son remplaçant. »*

Mon séjour colonial réglementaire n'est pas terminé, je ne sais à quoi attribuer cet ordre ; je n'ose trop y croire, je crains qu'il y ait erreur. Mais non, il me faut rendre à l'évidence. Je ne dors guère pendant la nuit ; une foule de pensées assiégent mon esprit et ce n'est qu'au matin que le sommeil s'empare enfin de moi. Mon remplaçant arrive le lendemain matin ; je lui remets tous les services, et après une étreinte cordiale à tous ceux qui restaient au poste, je me dirige sur Trung-Kan-Phu, où j'apprends la cause de ma libération anticipée. Les Chambres françaises avaient voté une nouvelle loi, rendant le service militaire obligatoire pour tous, mais pour une période d'activité de trois ans, au lieu de cinq à laquelle on était astreint précédemment. Un article de ladite loi renvoyait dans leurs foyers les jeunes soldats qui, bien que partis pour cinq ans, en avaient accompli trois.

Ainsi m'est expliqué cet ordre auquel, comme bien d'autres je m'attendais si peu.

Avec plusieurs sous-officiers et soldats, bénéficiant des mêmes dispositions, nous faisons, en sens inverse le même trajet que celui qui a été décrit. Je vous laisse à penser si nous sommes heureux lorsque nous mettons le pied sur le bateau. Par un hasard extraordinaire c'est le

*Comorin* qui se trouve à Haïphong et qui nous prend à son bord. Chaque jour, à midi, notre impatience nous amène vers le grand mât, où, sur la carte, est indiqué le *point* où l'on se trouve. Mais notre traversée est attristée par le décès de deux de nos camarades.

Rien de plus touchant que la mort d'un pauvre soldat au milieu de l'Océan, lorsque quelques jours seulement le séparent de sa famille.

On l'isole dans une cabine et le lendemain on procède à l'immersion. A l'heure dite, le paquebot stoppe un instant, un piquet d'honneur présente les armes, l'aumônier récite les prières d'usage, et, à un coup de sifflet, la dépouille mortelle de l'infortuné, mise dans un sac lesté d'un boulet et placée sur une planche formant bascule, glisse lentement et tombe par le sabord dans les flots qui se referment à jamais sur elle. Le vaisseau reprend sa marche, pendant que les passagers, péniblement impressionnés, regagnent leurs cabines.

Quant à nous, plus heureux que ces deux pauvres victimes du devoir, rien ne peut dépeindre l'immense joie qui nous envahit lorsque les côtes de France apparaissent à l'horizon. Cela devient du délire à mesure que nous approchons de cette terre de la patrie que nous avions quittée avec la crainte de ne plus la revoir. Enfin le vaisseau entre au port et le débarquement s'opère au milieu d'un enthousiasme général.

Après un repos de trois jours à la caserne, chacun est acheminé vers sa destination respective.

Vous avez assez de cœur, petits amis, pour comprendre

avec quelle émotion on se jette dans les bras des vieux parents qui en croient à peine leurs yeux troublés par les larmes.

C'est certainement là le plus doux des moments que l'on puisse avoir en sa vie. Comme il paye bien et au-delà les heures de souffrances ou de découragement dont on ne veut plus se souvenir!

Puissent, chers petits lecteurs, ces joies vous être un jour connues! Pour nous qui les avons ressenties, elles seraient encore accrues si nous étions certains de vous avoir intéressés et instruits dans les limites de ce modeste ouvrage.

FIN

# TABLE DES MATIÈRES

FIN DE LA TABLE

Paris. — Imprimerie du MAGASIN PITTORESQUE. (E. Best).

Extrait du Catalogue JOUVET et C^{ie}, éditeurs·

5, RUE PALATINE, 5

# BIBLIOTHÈQUE INSTRUCTIVE

### Collection de volumes in-16 illustrés

Broché . . . 2 fr.

Cartonnés rouge, plaque or, tranches dorées. 3 fr. 50

## LES GÉNÉRAUX DE LA RÉPUBLIQUE

(Deuxième édition)

### Par A. BARBOU

Bibliothécaire à la bibliothèque Sainte-Geneviève

**30 gravures**

M. Barbou ne s'est pas borné à résumer les traits saillants des physionomies qu'il estompe; ses fonctions de bibliothécaire à Sainte-Geneviève lui ont permis de puiser dans les riches matériaux qu'il avait sous la main beaucoup de faits inédits qui augmentent la valeur de son œuvre.

## LES EXERCICES DU CORPS

### par G. BONNEFONT

**60 gravures**

*Les exercices du corps* font aujourd'hui partie intégrante des programmes d'éducation moderne. M. Bonnefont nous fait la description, l'historique de ces différents genres de sport, gymnastique, boxe, escrime, chasse, pêche, canotage, etc.., qu'il accompagne de considérations sur leurs avantages réciproques, et de conseils sur les genres d'entraînement variés qu'ils comportent.

## LES DEUX MISSIONS FLATTERS

### au pays des Touareg Azdjer et Hoggar

Deuxième édition

### par H. BROSSELARD-FAIDHERBE

Capitaine d'Infanterie

**50 gravures** et un itinéraire des 2 Missions

Le Colonel Flatters fut chargé de diriger une expédition ayant pour but la recherche et l'étude d'un tracé de chemin de fer, qui devait partir de notre territoire algérien pour aboutir dans le Soudan. C'est le récit de ce voyage qui fait le sujet du volume du Capitaine Brosselard, compagnon de l'infortuné Colonel dans sa première expédition.

## LES COLONIES PERDUES
### par Ch. CANIVET
#### 60 gravures

Les *Colonies perdues*, c'est l'Inde, le Canada, Saint-Domingue, l'Ile de France. Mettre en relief les figures, un peu dédaignées, des héros de ces désastres, Montcalm, Dupleix, La Bourdonnais, Leclerc, etc., tel est le but de l'ouvrage, et l'auteur l'atteint dans des pages pleines de chaleur et de patriotisme.

---

## L'ARMÉE D'AFRIQUE
### depuis la conquête d'Alger
#### par le docteur QUESNOY
Médecin inspecteur en retraite du service de santé des armées
#### 46 gravures et une carte

La guerre d'Afrique ne ressemble à aucune autre, c'est plutôt une guerre de race dans laquelle le sentiment religieux intervient avec une supériorité et une puissance qui font tout entreprendre et tout braver. Pour l'Arabe, nous sommes des envahisseurs et des infidèles, aussi la lutte pour lui n'est-elle jamais finie. Ce livre est un hommage mérité, rendu à une armée qui a accompli des prodiges, pour s'emparer et rester maîtresse de chacun des points que nous occupons encore aujourd'hui.

---

## LE JAPON
(Deuxième édition)
### par G. DEPPING
Bibliothécaire à la Bibliothèque Sainte-Geneviève
#### 47 gravures et une carte

Le savant bibliothécaire de Sainte-Geneviève a voulu mettre à la portée du public ordinaire une monographie du Japon, d'après les meilleurs auteurs. Il a donc réuni, dans cet ouvrage, un résumé historique, un court aperçu géographique et une étude complète sur les mœurs, la littérature et la religion du Japon.

---

## LES GRANDS CONQUÉRANTS
### par Adrien DESPREZ
#### 50 gravures

C'est l'histoire de la glorieuse épopée des Cyrus, Alexandre, César, Attila, Mahomet, Charlemagne, Gengis-Khan, Napoléon, qui ont laissé derrière eux une trace lumineuse et sanglante. L'auteur rend justice à leurs rares qualités d'audace et d'énergie, mais réserve son admiration pour cette gloire qui a pour unique objet, la défense de la patrie.

## LE PATRIOTISME FRANÇAIS
(Deuxième édition)

### par A. LAIR
Proviseur, agrégé d'histoire

**55 gravures**

Notre pays a été souvent menacé dans son indépendance nationale. Les épisodes historiques qui composent le volume de M. Lair ont pour but de rappeler comment, dans ces diverses circonstances, ceux qui nous ont précédé, Gaulois, Francs ou Français, ont accompli le premier des devoirs civiques, la défense de la patrie contre l'étranger.

## LA NOUVELLE-CALÉDONIE
### et les Nouvelles-Hébrides

### par H. LE CHARTIER
Ancien Commissaire du Gouvernement

**45 gravures et deux cartes**

Les Hébrides, justifient aujourd'hui, comme il y a cent ans, l'admiration des navigateurs qui en ont célébré les beautés. Les cultures les plus variées réussissent dans ces îles, où les bois précieux, les céréales, les textiles, les épices, poussent sans effort. Aussi sont-elles convoitées par l'Allemagne et l'Angleterre, tandis qu'elles sont le complément nécessaire de notre Nouvelle-Calédonie. M. Le Chartier insiste sur la nécessité de leur annexion.

## TAHITI
### et les colonies françaises de la Polynésie

### par H. LE CHARTIER

**23 gravures et deux cartes**

Tahiti, les Iles Sous le Vent, l'archipel Tuamotou, les Iles Gambier, Marquises, etc., dont la superficie totale ne dépasse guère deux ou trois départements sont, en général, d'un climat délicieux, doux et sain, pourvues de bons ports, et habitées par une population facilement gouvernable. L'achèvement du Canal de Panama donnerait à ces îles une importance considérable, car elles se trouveraient alors sur le passage des grands steamers.

## MADAGASCAR
### par H. LE CHARTIER & G. PELLERIN

**60 gravures et une carte**

C'est une peinture ethnographique des plus pittoresques qui aient été faites sur cette grande île africaine que nous possédons virtuellement depuis Richelieu, et où nous avons eu tant de peine à obtenir la consécration de nos droits. Ce livre s'adresse, tout spécialement, à ceux qui s'intéressent à notre politique coloniale.

## LES GRANDES SOUVERAINES
### par Adrien DESPREZ
**50 gravures**

Parmi les femmes qui ont joui du souverain pouvoir, l'auteur s'est borné à l'étude de celles qui, comme Débora, Sémiramis, Blanche de Castille, Catherine II, ont exercé, par leurs qualités ou leurs défauts, une influence décisive sur leur temps, et en les choisissant à toutes les époques et dans différents pays, il a su rendre instructive, la comparaison des civilisations diverses qu'elles représentent.

## LES INVISIBLES
### par FABRE DOMERGUE
Docteur ès-sciences
**120 gravures**

Qui ne parle de microbes aujourd'hui? M. Fabre Domergue essaie de nous les faire connaître, en exposant aussi clairement que possible les phénomènes les plus intéressants de la vie de ces êtres microscopiques, les bizarres manifestations de ces animalcules, qui de jour en jour tendent à s'introduire davantage dans notre existence.

## LA MER
### par Armand DUBARRY
**90 gravures**

L'auteur nous montre d'abord la mer dans ses rapports avec la nature, en étudiant ses courants, sa couleur, sa composition chimique, son action érosive, sa faune, sa flore, puis il la peint dans ses relations avec l'homme, ceux qui en vivent, pêcheurs et marins, et ceux qui s'en amusent : baigneurs et touristes.

## LE BOIRE ET LE MANGER
### par Armand DUBARRY
**126 gravures**

Voici dans quelques pages sans prétention, où l'anecdote se mêle au résumé historique, des leçons de choses sur le pain, la viande, le lait, les légumes, les fruits, les boissons, en un mot les aliments qui assurent le fonctionnement régulier de la machine humaine.

## L'ART DE L'ÉCLAIRAGE
### par Louis FIGUIER
**114 gravures**

Après avoir rappelé brièvement ce que furent les procédés d'éclairage dans l'antiquité et au moyen âge, l'auteur arrive, dès le second chapitre, aux divers modes en usage à l'heure actuelle : les huiles, le gaz, le pétrole, la lumière électrique.

www.ingramcontent.com/pod-product-compliance
Lightning Source LLC
Chambersburg PA
CBHW051547280626
47162CB00021B/1615